suncolor

suncolor

請保持名偵探原來的樣子

Stay being the great private detective

小西雅暉 著

suncolor 三采文化

〔目錄〕

繁中版獨家作者序　失智偵探in台灣

我曾聽一位熟悉海外事物的朋友提過，台灣的大眾交通工具上有所謂的「博愛座」。這真是一個美好的詞彙。在日本，這類座位被稱為「優先座」，但「博愛座」這個詞似乎更溫暖。

我聽說當台灣的年輕人看到距離博愛座很遠的老人家站在那裡，會主動過去招呼他們，並體貼地牽著他們的手將他們帶到博愛座。

書中的名偵探年事已高，而且罹患名為「路易氏體失智症」（Dementia with Lewy Bodies，ＤＬＢ）的疾病。但我相信尊重高齡者的台灣讀者們，一定會喜歡這位名偵探。

日常之謎、密室殺人、消失的人或是騷靈現象——這位失智症名偵探，將迎面挑戰充滿趣味的不可能犯罪之謎。

究竟他會如何施展推理身手呢？希望大家能徹底享受這部作品。

我從日本向台灣的讀者們致上博愛之意。

二〇二三年三月

小西雅暉

第一章／緋色的腦細胞

1

今天早上，楓的爺爺說有一頭藍色老虎走進家裡。

「不知道牠是怎麼打開門的，真厲害。」

比起有老虎進到書房這件事，更別說這頭老虎還有一身藍色皮毛，爺爺反倒是對牠竟然能打開玄關大門更驚訝。

「幸好沒有被咬到。」楓故作輕鬆地說。

其實她內心是有些失望的，因為難得爺爺醒著，結果又是談這種話題。楓每週都會過來探望一次，但是爺爺大部分時間都在睡覺。他醒著的時候，總是在談幻視的話題。

所以楓在回家前，爺爺一直在講這些事，兩人始終沒能正常交談。即使如此，楓還是乖乖聽爺爺談那頭藍色老虎，並不時點頭附和。因為她覺得在老家，也就是在爺爺家度過的時光是無價的。

「接著那老虎啊……」爺爺模仿老虎前腳交叉的走路方式。

「牠離開時露出了非常幸福的笑容呢。」

「老虎笑了？」

唉唉……又來了，楓在心裡苦笑。明明是現實中不可能發生的幻視，自己幹麼聽得這麼認真呢？

是的，即使楓一開始假裝很認真在聽，但因為爺爺實在太會說故事，令她總是不自覺地被帶入爺爺所描述的奇幻世界。

今天的楓甚至有種錯覺，書架上某本書的插圖裡，真的跳出一頭藍色老虎。

爺爺的眼皮緩緩閉上，大概是因為把話說完就心滿意足了。爺爺日復一日都坐在書房裡的電動躺椅上，為了配合他瘦長的體型，楓當初選了一張大一點的椅子，坐起來比想像的更舒適。只是爺爺幾乎都不願離開這張躺椅，這點倒是始料未及。

一把拐杖立著靠在躺椅旁的茶几邊，爺爺走動時不能沒有它。然而，建議爺爺使用拐杖的居服員告訴楓，爺爺上洗手間時會使用拐杖，但要從書架上挑書時，他就嫌麻煩所以不用，居服員嘆氣地說真擔心爺爺會摔倒。

（原來爺爺現在仍然喜歡看書啊，但書中的內容恐怕就……）

多半都沒看進去吧，這個念頭令她心酸。

滿滿都是書的書房，飄散著陳舊的墨水香。這種獨特氣味，讓楓想起她喜歡的神保町舊書店街。

窗外的扶疏樹影，不知不覺地在爺爺睡著的臉龐上投下了迷彩圖案。高挺的鼻梁和眼角的皺紋，七十一歲的爺爺不知為何臉上幾乎沒什麼老人斑，在他潔淨的臉上，樹影畫出了複雜的陰影。

爺爺的下巴和臉頰都比以前瘦削不少，反而使他的五官更深邃。一頭髮量豐厚的長髮，中分自寬闊的額頭，其中七成都是白髮，和剩下的黑髮形成了漸層，營造出有如古羅馬硬幣上皇帝般的立體感。即使不是以孫女偏愛的角度來看，楓認為爺爺仍是儀表堂堂。

（他以前一定很有異性緣吧。）

楓將滑下的毛毯，輕輕拉高至爺爺細瘦的頸部。收拾完房間，小心避開書架上的書本，四處噴灑了帶有香皂味的消毒噴霧劑後，差不多也到了理療師來做復健治療的時間。

噴灑消毒噴霧不僅是為了保持屋內清潔。爺爺經常會看到像是蚊子或小蟲的幻覺，碰到那樣情況，消毒噴霧也能即時替代殺蟲劑。

（那我走了，爺爺。）

（我會再來的。）

書房門旁擺著一面已故奶奶留下來的鏡台。歲月帶給鏡台的變化，與其說是老化，毋寧更像是進化。鏡台上的木紋在經年累月的過程中，彷彿化了一層色彩複雜的妝，散發出別具一格、富有深度的味道。

楓從鏡台的抽屜裡拿出梳子，整理好頭髮，看著鏡子擠出表情。

（笑臉。）

以前書房的門是道厚重的櫟木門，後來為了爺爺可能必須倚賴輪椅生活時，改建成滑軌式拉門。楓輕輕拉上門，離開了碑文谷的爺爺家。

2

回家路上，楓在搖晃的東橫線列車上將目光轉向車窗，車窗上映出的是一張沒有表情的臉龐。剛剛好不容易擠出來的笑容，已經一點痕跡都不剩了。

天空已是一片暮色，像是抹了淡淡的口紅。時值初秋，已看不到積雨雲，取而代之的是各種形狀的雲朵散布空中。

楓驀然想起和爺爺之間的一段回憶。二十三年前，楓當時四歲。她趴在盤腿坐在檐廊的爺爺膝上，看著被夕陽染紅的天空。這時，爺爺將他睿智且清明的目光轉向自己。

「楓，妳看那邊的雲彩，妳覺得每一朵雲看起來像什麼。試著用它們來編一個故事吧。」

現在回想起來，形式就是落語的三題故事❶。或許那就是爺爺獨特的品味教育吧，想藉此幫助楓擴展她的想像力。

楓立刻回答：「那片雲是小小爺爺，另外一片雲是扁扁爺爺。還有喔，我想想，最大的那片雲，是一個比爺爺還要胖的胖胖爺爺。」

爺爺嘴裡感嘆說，這樣編不出故事啊，臉上卻笑盈盈。令人吃驚的是，爺爺旋即替編不出故事的楓，即興創作了一個名為「三個爺爺」的童話故事。

楓不記得全部細節，但她記得其中一段，貪吃的「胖胖爺爺」以為感冒藥是糖，於是吃遍全世界的感冒藥，並遭到眾人訕笑，最後卻成為全世界最長壽的人。

或許爺爺是為了教育嫌藥苦不愛吃藥的楓吧。因為爺爺說故事的方式實在有趣，楓還是拍手叫好，十分開心。

「來，楓，妳看看天空。」

楓望向天空，只剩下最大的那片雲，也就是「胖胖爺爺」。「小小爺爺」和「扁扁爺爺」都已經不見了，正是所謂的煙消雲散。

這不就跟故事中胖胖爺爺最長壽的結局一樣嗎？驚呆的楓，不斷來回看著爺爺

❶三題故事：由三個不相關、隨機的詞彙，串連成一個首尾完整的故事。

和天空中的「胖胖爺爺」。現在回想起來，爺爺當時應該有偷偷確認雲的情況，才編出那個故事。如果「小小爺爺」或「扁扁爺爺」直到最後都在，那麼故事發展一定大不同。

「爺爺，再說一個故事嘛，不說的話我就……」

年幼的楓一抬頭，扯住了爺爺喉頭黑痣上的毛，想不到一扯就拔下來了，楓還記得她覺得此事異常好笑，當時大笑不止。

（楓心想，搞不好爺爺智慧的塞子就是當時被我拔掉的。）

就是在半年前，爺爺的狀況開始不對勁。一起散步時，他的步幅明顯縮小。

「爺爺，看來你比外表還胖呢，腳步已經跟不上嘍。」

爺爺顯得有點困惑，自嘲說是年紀大了。最初楓也以為爺爺是因為體重過重，或是年紀大了——不，她只是想讓自己這樣相信而已。

從那時開始，情況開始急速惡化。爺爺喝著最愛的咖啡時，握著杯子的手會顫抖。每次去看他，他總是坐在書房的椅子上，茫然地前後晃動。他總是彎腰駝背，不管做什麼動作都異常緩慢。

不，還有更糟糕的事。楓這輩子永遠無法忘記那天的震撼。

深夜，手機鈴聲響起。她揉著惺忪睡眼接起電話，對方聽起來是一個年輕男子，不知為何語帶猶豫：「那個……我是救護人員。」

接著，他以抱歉的語氣吞吞吐吐繼續說道：「請問是楓小姐嗎？啊，果然是嗎？是這樣的，我是因為看到貼在牆上的緊急聯絡人有您的名字，所以才打這通電話。其實是您爺爺打了一一九報案。那個，呃……」

「怎麼了嗎？」

「他說，楓渾身是血倒在這裡。」

在我們常去的診所，醫生懷疑爺爺患了帕金森氏症（Parkinson's disease，PD），但無法確定，因此建議他去大一點的醫院就診。在大學醫院裡，爺爺接受了包括電腦斷層（CT）在內的詳細檢查。結果一位年輕的女醫生，在爺爺沉睡的椅子旁，平靜地告訴我們。

「是路易氏體失智症。」

那麼聰明的爺爺，才剛過七十歲就罹患失智症。楓很難立刻接受這個事實。但從自己在網路上以及從醫院取得的資料，楓發現爺爺所有的症狀都吻合。

日本的失智症病患人數已超過四百五十萬人，而楓這才知道原來失智症還分很多種類。所謂的失智症大致可分為三大類。

最常見的是占病患數約七十％的「阿茲海默型失智症」（Alzheimer's disease，ＡＤ），據說是由一種名為「β類澱粉蛋白」（amyloid beta）的蛋白質在大腦沉積所引起。大多數人一聽到失智症，首先想到的就是這個類型。次多的是由腦梗塞或腦中風後遺症引起的「血管性失智症」（Vascular Dementia），約占失智症病患總數的二十％。

這兩種失智症病患經常會出現重複說相同的話、記憶障礙、時間和地點感覺模糊等等視覺失認症狀——或者是容易迷失方向，在外面徘徊。

爺爺被診斷為「路易氏體失智症」，占病患總數約十％。這種失智症英文名為「Dementia with Lewy Bodies」，簡稱「ＤＬＢ」。這個病名是在一九九五年確立的，相對於人類漫長的疾病歷史，這算是比較新近發現的疾病。

近年來，這種失智症作為「第三大失智症」而受到關注，在醫療現場和治療試驗領域，正在加速進行對其病理型態的研究。

據說ＤＬＢ病患的大腦和腦幹中，都會發現像小小的煎蛋一般深紅色的結構物——路易氏體（Lewy-Bodies）。這些「小小的煎蛋」正是引起手足顫抖、行走障礙等帕金森氏症狀，大聲說夢話的快速眼動睡眠行為失調症（也稱為ＲＥＭ睡眠行為障礙），以及白天昏昏欲睡的嗜睡狀態，無法把握距離感的空間認知功能障礙的原因。

然而，ＤＬＢ最大的特徵，同時也是它最特殊的症狀，無疑是「幻視」。病患看到的幻視可能是黑白的，也可能是彩色的，但共通之處是他們都能看到極為真實、非常清晰的幻覺。

例如早上一睜眼，房間裡站著十個面無表情的人默默凝視著你；或者餐桌上盤踞一條大蛇；有時則是一個綁著辮子的女孩，一整天都跟在自己身後。

簡單說，非現實的幻視並不罕見。一隻雙腳直立行走的豬走過眼前，在盤子上優雅起舞的精靈。而爺爺看到的，則是那隻藍色的老虎。

奇妙的是，在大多數情況下，幻視並不伴隨幻聽。幻視中出現的生物只是視覺上的幻影，它們並不會跟病患說話。

然而在人體五種感官裡，人類從外界接收的信息，視覺占據了整整九十％。換句話說，對大多數ＤＬＢ病患而言，那些「會動的東西」是確實存在的。

最能符合病患心境的成語或許是「百聞不如一見」吧。畢竟，眼前的「那些東西」如此清晰可見。

因此無論周圍的人如何否定它們的存在，要讓病患相信那些東西不存在或不在那裡都是極為困難的。

即使如此，當周圍不斷提醒他們「這裡沒有那種東西」、「不可能的」或是「拜託不要鬧了」時，病患有時會大發脾氣。這就是照護ＤＬＢ病患非常困難的主要原因。

楓看到一本照護病患的指導手冊上寫著這樣的建議。

「當病患訴說他們的幻視，譬如說『我看到了一隻巨大的昆蟲』或『好可怕』時，不要否定他們的感受，也不要推開他們說『那是你病了，不要來煩我』，可以輕輕拍拍手說『看，它已經不在了。現在沒事了』，試著溫柔地安慰他們。轉移話題也是有效的方法。」

楓心想，大概就是這樣吧。而且她極力希望避免和從未對她發過脾氣的爺爺發生爭執。因此，楓一直避免深入談論爺爺的病情，並且一直堅持不在爺爺面前否定他所描述的幻視。

畢竟，讓病患意識到自己患有失智症幾乎不可能，即使能做到，也過於殘忍。

但楓也有些別的想法。楓在自己的認知和行為中，感受到一種奇妙的違和感，就像是原本可以整除的數字，不知為何卻出現了除不盡的部分。

這和覺得爺爺不應該得失智症，或逃避現實般地認為他不可能就這樣失去智力——或者說得極端點，那種一廂情願的想法，和這種違和感似乎又不太一樣。

（對，就是哪裡怪怪的。）

但這違和感究竟從何而來？楓現在無法具體說明。

3

從弘明寺車站坐公車回家大約十五分鐘。回到自己住的小套房時，楓發現她訂的書已經送到了。

這是酷愛推理小說的文學評論家，瀨戶川猛資❷的評論集。版權頁上寫著「一九九八年四月一日，初版第一刷發行」。如果楓沒記錯的話，不久後瀨戶川就在五十歲時英年早逝了。這本書等於是瀨戶川的遺作。

楓自小受到爺爺的薰陶，完全是個推理小說的狂熱愛好者，光是讀小說已經無法滿足她，於是她開始讀起了爺爺書架上的瀨戶川評論集。結果，與其說她感到驚訝，不如說她整個呆掉了。

瀨戶川以其獨特視角論述各個作品的魅力，論點無懈可擊。但他的專欄有時——不，幾乎比原著更為有趣。

例如，在一個名為「名作巡禮」的系列專欄中，他把本格派推理小說的三巨頭——艾勒里・昆恩（Ellery Queen）、阿嘉莎・克莉絲蒂（Agatha Christie）、約翰．狄克森．卡爾（John Dickson Carr）等人的代表作紛紛拿出來，毫不客氣地批評它們是否真是曠世傑作，而他的評論甚至比原著更具邏輯性和推理性，讓人完全挑不出毛病。

不知瀨戶川自己是否有意識到，他對這些作家滿滿的愛透過字裡行間流露出來，每次讀他的評論都讓人感到一陣暖意。他是讓楓愛上了海外古典推理小說的「神」。

（就是瀨戶川猛資。）

光是在心中輕唸他的名，都會令楓的心雀躍不已。在一九七〇年前後，年輕時的瀨戶川曾是傳奇性的大學社團，知名推理小說作家與評論家輩出的「早稻田推理俱樂部」核心人物。

據說，西早稻田曾有一家名為「蒙樹麗」的咖啡店，「早稻田推理俱樂部」學

❷瀨戶川猛資：一九四八年七月五日～一九九九年三月十六日，日本推理文學評論家、影評家和編輯。常用筆名宅和宏、藤崎誠。

生們每天都在店裡口沫橫飛、高談闊論著推理小說，而總是位於圈子中心的，正是有著一對粗眉和五官分明的瀨戶川的笑臉。爺爺也曾是「早稻田推理俱樂部」的主要成員之一。

本格派推理小說和咖啡很搭。在紅底上用迷幻的白字寫著「蒙樹麗咖啡專賣店」的直立招牌，就像是要將所有非「推理小說專家」的客人拒於門外。也像是深不見底，浮著神祕的細沫，濃郁且苦澀的咖啡。

瓷磚鋪就的黃色外牆，讓人聯想到卡斯頓・勒胡（Gaston Leroux）的《黃色房間的祕密》（*Le Mystère de la Chambre Jaune, 1908*）。從二樓小劇場傳來劇團成員的腳步聲，彷彿是G・K・切斯特頓（Gilbert Keith Chesterton）的《奇怪的腳步聲》，也像是江戶川亂步的〈屋頂裡的散步者〉。

如今蒙樹麗已不在，只能任由想像力無限發揮。但那家曾經以瀨戶川和爺爺為說書人的咖啡店，是否曾散發著如同漫畫界的常盤莊❸，或是水滸傳中的梁山泊那樣的熱情與光芒呢？

（真想聽聽他們兩個談本格派推理小說啊……）

由於店已不復存在，令楓的幻想更形膨脹。可惜蒙樹麗已經不在了，但是——書仍然存在。

喜歡的書，還是想把它們放在手邊。尤其是爺爺家的書，都用半透明的玻璃紙書套妥善保存，沒有一頁有摺痕，所以想借閱時總會有些顧忌。也因為如此，讓楓決定一次購足瀨戶川的所有評論集。

（太好了，簡直像新書一樣，連書腰都還在。）

楓看著書的狀態，心情很好。說老實話，她原本想要收齊全新版本。但是這本遺作已經絕版了，所以她不得已只好在專賣二手書的網路書店購買。有了這本，她終於集齊了瀨戶川所有的著作。

（像我這樣二十七歲的女生就完成這項壯舉，是不是有點怪怪的？）

楓自然地泛起微笑，直接站著翻閱起書頁。就在這時，四張小紙片有如銀杏葉

---

❸常盤莊：一九五二年至一九八二年間，位於日本東京都豐島區南長崎三丁目的木造公寓，該公寓以曾居住過手塚治虫等多位知名漫畫家而聞名。

般，從書中飄落到地毯上。

（咦，這是什麼呢？）

楓小心翼翼撿起四張紙，將它們排列在桌上。然後她盯著這幾張大小不一的長方形紙片陷入了沉思。

（作為書籤，似乎有點太多了。）

（但是……）

（作為便箋，又有點太重。）

四張紙是雜誌和報紙的剪報文章，每一篇都是在報導瀨戶川先生去世的消息。

4

時隔三天，楓利用假日再次造訪目黑區的碑文谷。碑文谷八幡宮是供奉當地鎮守神的神社，爺爺的房子在靠近神社的住宅區內，靜靜地矗立在角落，是一棟逐漸凋零的小型兩層木造住宅。

櫻花和八角金盤從聊備一格的庭院伸出了圍牆外，門柱的木質門牌上，墨跡鮮明地寫著爺爺的姓氏。那是楓所熟悉的爺爺的字跡。有道是門牌就代表房子的門面。房子外觀之所以別具風格，如今仍保持著威嚴的氣質，也許是多虧了門牌上的優美字體也說不定。

但是一走進門，這種風情就突然不見了。通往玄關的小徑上，過去曾鋪設著圓石，彷彿一路指引著人往玄關前進，但自爺爺罹患失智症後，那裡已改成了枯燥無味的水泥小徑。

打開暫時還未翻新的玄關門，楓立刻就聞到一股像香皂的殺菌劑氣味。是護理員來了嗎？楓本來想這麼問，旋即打住。因為在玄關並未看到護理員的鞋子。可能是家訪的長照護理員結束了清潔及洗衣工作，才剛剛離開。

走廊兩側的牆上，各處都安裝了仍然簇新的安全扶手。爺爺腳步不穩，要在家裡走動，必須依賴這些扶手。購買這些長照用品，若要申請補助金，儘管各縣市之間存在差異，但往往都需要繁瑣的手續與大量時間。因此最終就會像爺爺一樣，不得不大部分都自費，這就是現實情況。

楓走進了走廊左手邊的起居室。不經意看到還略帶光澤的頂梁柱，上面用鉛筆畫了幾條橫線，那是爺爺記錄小時候的母親，還有楓這個唯一孫子的身高紀錄。雖然寫在橫線旁邊的身高數字和日期文字幾乎快消失了，但依然可以看出爺爺的書法功底。

看到安全扶手破壞了那些文字時，楓還是不免感到一陣心痛。環顧窗邊，她注意到有幾件白色T恤晾在室內。

（糟糕，可能是護理員疏忽了。）

如果家中有DLB病患，最好不要在室內晾衣物。因為他們可能會把晾曬的衣物誤認成人。特別是白色T恤，DLB病患往往會在那「白色畫布」上看到強烈的幻視。基於相同原因，最好也不要讓病患看到人物畫像或是家庭照片，楓得知後，就趕緊將放在桌上的相框收進了櫃子深處。

正當楓匆忙從衣架上取下T恤時，背後傳來爺爺相對穩定的聲音。

「抱歉啊，那是香苗晾的。是不是還沒洗乾淨啊？」

爺爺出現在起居室，手持咖啡杯，慢慢坐到床沿。二樓的臥室已經變成儲藏室，所以爺爺的活動範圍僅限於有床的這間起居室和最深處的書房。但今天看他的步伐，比上次來的時候狀況要好很多。

DLB的主要特徵就是，不同的日子裡，身體狀況也會有很大的波動。

「是啊，我只是在把皺褶拉平。」楓口氣敷衍，同時放棄把T恤收起來。

「原來是媽媽來了啊，我還以為是護理員。」

「她好像還有工作要做，所以趕著回去了。可惜妳沒碰到她。」

楓心裡暗暗鬆了一口氣。這樣也好，至少今天她要提出那個疑問時，母親沒有真的在場。畢竟最近很少看到爺爺的身體狀況這麼好，今天果然是個好機會。

「香苗泡的咖啡即使冷了也很好喝。」

爺爺微笑著慢慢移動屁股，重新坐好。然後抬起他微微顫抖的手，啜了一口咖啡，接著開口說道。

「今天看來應該不會把咖啡灑出來了。雖然自己這麼說有點怪，但我今天狀況相當不錯呢，所以我想跟你確認一下我的直覺對不對？」

爺爺又喝了一口咖啡，然後直視著楓的臉。

「妳有些重要的事情要跟我（ぼく）說，對吧？看妳的表情就知道了。」

楓有點想哭，因為那個是只有爺爺才會用的第一人稱。那雙明亮的、溫柔的黑眼睛，彷彿還沒生病的爺爺又回來了。不知是否因為他現在不是處於嗜睡狀態，因此發音也很清晰。

回想起來，過去半年她因為太擔心爺爺的身體狀況，所以幾乎沒有進行過真正嚴肅的對話。果然現在是唯一能確認的時候。

楓鼓起勇氣，開口說道：「是的，其實呢——我有些事情想問問爺爺。」

「什麼事？」

「爺爺我問你——」

楓努力忍住想哭的衝動。

「爺爺我問你……你知道自己生病了嗎？你知道你看到的不是現實，而是幻覺嗎？你自己是不是有自覺？」

不行了，我的聲音在顫抖。

「但是，你因為不想讓我擔心。」

忍不住淚水了，明明決定絕對不哭的。

「因為你不想讓我擔心，所以才裝作沒有自覺的樣子嗎？」

爺爺泛起柔和的微笑，又喝了一口咖啡，然後小心翼翼地將咖啡杯放回床邊的餐桌上。

「對，就像楓妳說的那樣。我確實是一個患有路易氏體失智症的病人。」

果然直覺是對的。爺爺的黑眼珠和其中的虹膜就像玻璃工藝般細緻，無比深邃，讓人忍不住想要探究。沒錯，那當中蘊藏著與過去並無二致的智力光芒。而這也正是楓自己都沒有察覺到的那份違和感的真相。

在這兩天裡，楓對DLB做了更多詳細調查，因而了解到許多事情。在同樣患有DLB的人中，因為路易氏體出現的部位不同，記憶力和空間認知功能的衰退程度也會有很大的差異。

有些病患會一直害怕幻視，而有些病患似乎很快就適應了。不同的病患，會呈現不同程度的症狀，可說是千差萬別。在多種藥物，如多巴胺藥物的平衡作用達到最佳時，據說在許多病例中，幻視會像霧散了一般消失不見。

事實上，根據身體狀況，有時病患甚至不會讓人感覺到智力衰退。最讓楓感到驚訝的是，很多病患非常清楚地意識到自己看到的畫面不是現實，而是病症造成的事實。

當中有些人每天早晨醒來都期待出現幻視，然後以畫它們的素描為樂，這些人非常積極正面。

科學對DLB的認識尚不全面，因此容易產生誤解。在醫療現場，也不乏那些僅憑病患強烈的幻視體驗，就草率判定為「失智症惡化」的醫生。

DLB的發病並不一定意味著智力衰退。當楓知道這個事實時，她感覺那個奇怪的違和感就像「霧散了一般」消失了。

爺爺看著自己微微顫抖的手，說這和帕金森氏症的症狀有關。

「我早就意識到自己的精神狀態與所謂的正常人相差甚遠。比如，當我偶然看到那邊的書架牆壁時，整片牆上有如鬼斧神工般鐫刻著細膩雕工。但是當我碰觸它時，卻完全感受不到雕刻的觸感，牆面非常光滑。那麼，我應該相信視覺還是觸覺呢？在我不知情的情況下，一個晚上就能在書架的整面牆上完成精緻雕刻根本不可能。此外，世上沒有人有動機悄悄潛入老人的房間，在他的書架上雕刻。這樣一想，我還是應該相信觸覺。換句話說，這意味著我的視覺是不可靠的。」

楓不發一語地聽著爺爺的表白。

「至於發生這種病變的原因為何，電腦壞了不能用，我本來想用手機搜索，但妳也知道我的手指不靈活。還有，自從我打一一九報案說我『看到了楓的屍體』，香苗就沒收了我的手機，所以我根本無從搜索。」

爺爺頑皮地噘起了他好看的嘴唇。

「於是我求助於護理員，請她叫了護理出租車，然後去圖書館研究。確實，跟著文字走，眼睛很容易疲勞，也容易睏。但是經過一整天的調查，我確信自己患了什麼病。對了，妳知道『灰色腦細胞』這個詞吧。」爺爺帶著自嘲的微笑，引用了比利時著名偵探赫丘勒．白羅❹（Hercule Poirot）的口頭禪。

「那麼我的情況是，濃烈的橘紅路易氏體在我的大腦表面散布開來，所以我是『緋色腦細胞』的擁有者呢。」

楓接著問：「為什麼你要讓我一遍遍地聽幻視的話題呢？」

她感到自己的聲音有些沙啞。

「因為啊——」爺爺稍稍支吾了一下。

「每當我談論幻視的話題時，楓的表情就會一直變個不停，妳會給我驚訝的表情，也會給我笑容。最重要的是，妳會出聲回應我。這樣我就可以確信楓是真實存在的。」

「嗯……這是什麼意思？我一直都在爺爺身邊啊。」

「或許我這樣說妳比較容易明白。我以前曾對妳說過，我的來日可能不多了，所以今後我的，怎麼說呢？就是所謂的『終活』吧。其實我不喜歡這個詞，雖然常聽到，我覺得它太不體貼了，當時我坦白對妳說了自己對身後事的處理方式。當時我甚至自以為身體狀況很好，覺得正是告訴妳的最佳時機。我們談了大約一個小時，奇怪的是，妳一直沒有說話，而且臉上也沒有表情。」

爺爺這時停頓了一下，垂下眼睛。

「然後妳突然就從我面前消失了，原來那個楓其實是幻視。」

也許是因為咖啡烘焙過熟的緣故，爺爺臉上閃過一絲苦澀。

「還有比這個更悲慘而令人心碎的事嗎？自那以後，我下定決心，除非楓主動提起，我都不再談論生病的事。就算被當作是無法進行正常對話的失智症老人，也是莫可奈何的。」

❹赫丘勒．白羅：由阿嘉莎．克莉絲蒂創造的比利時偵探。與珍．瑪波並列為阿嘉莎．克莉絲蒂最有名且長壽的角色之一。

（爺爺。）

楓在心中再次輕喊一聲。

（爺爺。）

楓一直以為爺爺是沒有能力跟他的獨生孫女談他的身後事該如何處理。不是的，爺爺他是故意不說的。為什麼自己不能早點察覺到他的痛苦呢？

幻視是真實可見，而且經常發生。有時會伴隨各種意識障礙，包括記憶障礙。

由於帕金森氏症的症狀，病患的動作會非常遲鈍。然而，爺爺的智力並無任何衰退的跡象。

5

這應該是附近教會的幼兒園放學時間吧。前方傳來了小孩子們唱童謠的聲音，聽起來有些走音的歌聲，反而更顯可愛。爺爺也自然地露出微笑。

秋天黃昏來得早。但此刻到傍晚，感覺時間還很多。

「其實我有個東西想給爺爺看看。」

楓從自己的黑色手提包中，拿出一本瀨戶川的評論集。

如果爺爺像平常一樣坐在椅子上睡覺，楓打算把新洗好的毛毯蓋在他身上，然後在旁邊慢慢看完書再回家。但是，如果是現在的爺爺，或許……

爺爺從他的睡袍口袋裡拿出了一副無邊框老花眼鏡，戴在高挺的鼻梁上，然後把書稍稍拿遠，深深地感嘆一聲。

「這不是瀨戶川學長的遺作嗎？幹麼特地買，我當初送給妳過的啊。」

（被你如此珍愛的幸福的書，我收受不起啊。）

楓在心裡偷笑。

「我記得這本書已經絕版了，難得妳還買得到。」

「現在有二手書專門的網路書店，即使是罕見的書也容易買到。不瞞你說，在這本書裡，夾了這樣的東西。」

楓打開書，然後再次拿出四張訃聞放在桌上。

「活躍於推理小說及電影評論界　瀨戶川先生逝世」

「瀨戶川先生離開了　令人惋惜的才華」

「多層次評判的時代　瀨戶川先生留下了什麼」

「瀨戶川先生談論推理小說和電影的幸福相遇」

「嗯，那時我都看過了。」爺爺只是匆匆一瞥這些標題，有些寂寞地說道。

「還有其他兩家報社應該也都發了新聞。當然我也都保存在剪貼簿上了。」

「是這樣啊。」楓再次對爺爺的記憶力感到驚嘆。

儘管爺爺因病失去了最近的記憶，但對於以前的事情，他的大腦似乎能夠靈活地打開記憶的抽屜。

「話說回來，爺爺，問題就在這裡。這是一個常常出現卻又難以解釋的『日常之謎』，也就是所謂的推理小說的主題。究竟是誰，為了什麼目的，在書裡夾了這四張訃聞剪報？」

確實如此，爺爺點頭表示同意。

「首先，這四張紙當書籤似乎有點多。但如果是便箋的話，訃聞就讓人感覺有些沉重了，不是嗎？」

「就像哈利・凱莫曼（Harry Kemelman）一樣。」

爺爺取下眼鏡，說出一位推理小說作家的名字。

凱莫曼的代表作《九英里的步行》（*The Nine Mile Walk*）是一部著名推理小說，起點就是一句簡單的話，「即使在晴朗的天氣中，步行九英里也非易事，更何況是在雨天呢？」故事從酒館鄰座酒客的對話開始，經過凱莫曼精密的邏輯分析，解開了前一天發生的命案真相。

這時，爺爺忽然說：「楓，給我一支菸吧。」

或許是因為七五調❺的韻律，讓那句話帶著某種咒語般的迴響。楓從書房的梳妝台抽屜裡取出一個藍色菸草盒。

這是法國的菸草，名為高樂斯（Gauloises）。雖然不算特別昂貴的菸草，但也不是隨處可買到的玩意兒。楓在神保町的舊書店街閒逛時，她經常會到只有內行人才知道的某家小雜貨店去買這牌子的菸草。

「楓，幫我點火吧。對，這樣就行了，因為我的手會抖。我一個人的時候我就不吞菸。」

爺爺談菸草時，不說「吸」，而是說「吞」。這是昔日菸草和酒一樣被視為理所當然嗜好品的時代所殘留的影響。

打從年輕時開始，爺爺每週只抽幾支菸，最近也很少抽。正因為如此，楓想讓他享受這份小小的樂趣。爺爺吞了一口菸後，露出了陶醉的表情。

楓不討厭高樂斯的味道，但她擔心它的氣味會吸附在晾乾的T恤上，因此打開了窗。

爺爺慢慢地吐出一縷紫色的煙，口齒清晰地說：「那麼……」

彷彿智慧被菸草點燃了一般，他接著問：「楓妳可以從這些素材中，編出什麼樣的故事呢？」

楓的心臟怦怦直跳。爺爺從年輕時，就善用「故事」來說明他的假設。現在，他真的回來了，回到以前的爺爺。

「這是我想到的故事。」

楓努力裝作平靜，講述她費盡腦力想出的假設。

「故事一，將訃聞夾入書中的是那本書原來的所有人。他，也可能是她，想與瀨戶川的其他書迷分享他的去世帶給自己的虛無感，因此將訃聞夾入了書中。」

楓偷看了爺爺的表情，他點點頭，似乎對這個假設感到滿意。在爺爺面前講故事一直讓她感到緊張。但是……

（但是，她很開心。）

❺七五調：一種定型詩格律，應用於和歌與日文詩之中。

「那麼，第二個故事……」回過神來的楓繼續說道：「將訃聞夾入書中的是二手書店的工作人員，他或者她是瀨戶川的書迷。數十年來第一次，他們收到了瀨戶川絕版書的訂單。當他或她知道有人在尋找這本書時，為了像我這樣的陌生同好而感到高興，所以將訃聞夾入了書中，作為禮物送給了我。」

智力激盪的亢奮令她口渴。

「爺爺覺得如何？我想到的故事只有這兩個。」

爺爺回答：「嗯，不算太糟糕。它們都有一個大致合理的情節，並且沒有牽強附會。但是，它們都存在一個巨大的矛盾。」

「是嗎？」楓咬住嘴唇。

「聽好了，先說第一個故事的矛盾處。瀨戶川學長的書迷是否會賣掉擁有訃聞的這本書呢？而且這本書還是瀨戶川學長的遺作。如果是一個有正常感覺的人，他會將這些剪報與書籍一同珍藏。」

楓只能點頭表示同意。

「是啊，對愛書的書迷來說，這樣的行為的確很難理解。」

「第二個故事比第一個好，但矛盾還是存在。如果書店的工作人員是出於好意將訃聞夾進去的，那麼為什麼他們不寫一些字來表示慰問呢？如果他們有這麼多功夫來夾這些剪報，為什麼不寫一些類似『非常高興能找到同好，因此為表悼念之意，將瀨戶川先生逝世的報導送給您』的話？為什麼他們不肯花這點小心思呢？」

爺爺直截了當地說：「簡而言之，這兩個故事情節有根本性的破綻。這個故事可能還存在著其他故事X。」

「那麼，」楓沙啞地問說：「爺爺你能編出那個故事X嗎？」

爺爺沒有回答，只是用拇指和食指捏起了只剩一小截的高樂斯香菸，吐出最後一口煙。他的眼睛緩慢地逐漸瞇起來。

楓擔心爺爺會睡著，但這只是杞人憂天。爺爺睜開眼睛說：「現在，我看到了一個畫面。」

「可惜啊，這本書原來的主人，那名男子已經去世了。」

「什麼？」

「因為妳看啊，他就在那裡，臉上的表情很平靜。」

這是幻視。但這個幻視，卻建立在明確的邏輯基礎上……

楓直覺地感覺到。

「故事X的劇情是這樣的。這名男子生前，他將最喜愛的瀨戶川猛資的訃聞剪報夾在一本他所珍愛的書中，以表達哀悼之情。然而他去世後，他的妻子並不知道這本書的價值，整理遺物時將這本書和其他書一起賣給了舊書店。」

（這就是真相啊。）

這個答案讓人無法不信服。這是一個毫無矛盾的完美「故事」。

但是，楓仍然堅持不懈地問說：「你怎麼知道原來的所有者是男人呢？也有可能是女人啊。」

不可能，爺爺乾脆地回答道。

「不可能是女人。當配偶去世時，女人能夠壓抑悲傷，冷靜行動。男人就完全不行了。實際上，我自己也是這樣。」

爺爺垂下了眼睛。

「當妻子去世時，我什麼都做不了。」

楓的腦中瞬間閃過一張模糊的奶奶的臉。兩人之間沉默了片刻。接著爺爺凝視著紫色的煙霧，突然開始興奮地說起話。

「啊哈哈，現在他在那裡，在蒙榭麗的桌席，本書原來的所有者正在和他崇拜的瀨戶川猛資交談。今晚他們似乎打算大聊推理小說，一直聊到盡興為止。」

楓屏住了呼吸，又出現了另一個幻視。這個有點不一樣的幻視到底是什麼呢？

「一切都跟以前一樣。杉木牆透著咖啡的香氣，現在又有一股新的神祕氣息吹進來了。在吧檯那裡，閒閒沒事幹的老闆正在和學生們認真下棋。哦，怎麼了，打工的小夥子突然慌慌張張地站了起來，發生什麼事了呢？」

一瞬間，爺爺臉上露出了認真的表情，但馬上又恢復了平常的模樣。

「唉，慌張也沒有用的啦。這次輪到昆恩和克莉絲蒂上場。哦哦，不知何時卡爾也加入了談天說地。這是一個本格派推理小說三巨頭齊聚的茶會。嗯，昆恩是雙人合作的作家，所以應該叫做四天王。克莉絲蒂到廚房借了茶壺，開始沖泡德文郡傳統的紅茶。瀨戶川學長他們也樂壞了。卡爾畢竟是卡爾，無視他人，只是認真凝視著茶壺，他肯定是想到了什麼新的毒殺技巧。哈哈，大夥看起來都好開心啊。」

（什麼啦。）

（這是在搞什麼啦，爺爺。）

爺爺無意識的溫柔，追求著故事的幸福結局，是這一切的原因嗎？

楓又泛淚了，但這次卻是伴隨著輕笑的溫暖淚水。

（爺爺現在看到的光景，毫無疑問是事實。）

儘管沒有任何根據，但她就是有種感覺。

就在此時，香菸落在了裝著水的菸灰缸中，發出嗞的一聲。窗口吹進一陣溫柔秋風，掛在室內的T恤在風中擺動。

爺爺向T恤鞠了好幾個躬。

「謝謝謝謝，這次是敬老會嗎？感謝大家特地前來。」

就在高樂斯香菸的火焰熄滅的同時，爺爺又回到了那個恍惚的人。

第二章／居酒屋的密室

1

公立小學的教師，雖然是公務員，但不能保證準時回家。楓在教職員室為小考打分數時，時鐘的指針已經過了傍晚六點。

（那個到底是怎麼回事啊？）

楓手上繼續進行著單純的作業，思維卻突然飛到那個奇妙的幻視記憶裡。能夠看到名為真相的「畫面」的能力，究竟是源於怎樣的思考過程呢？

難道說……楓停下了手中的紅筆。爺爺或許意識到，透過傑出的智力與積累的知識，能夠在自覺下看到以邏輯分析出的結論為基礎的幻覺。並且，香菸產生的煙霧繚繞更模糊了現實的光景，或許也幫助爺爺更容易看到他所說的「畫面」。

（當然這只是假設……啊，不對，是故事。）

楓低頭苦笑，避免被周圍的老師發現。現在回想起來，爺爺常說「這世上所有的事都是故事」。

楓從懂事時，爺爺就已經是小學校長了。爺爺在學校裡被稱為「擦窗戶老師」，是校內最受歡迎的老師。

除了入學和畢業典禮以外，楓從來沒看過爺爺穿西裝。他總是穿著捲起袖子的白襯衫，在走廊擦窗戶，幫校園的花草澆水，或是全神貫注地清潔廁所馬桶。

雖然袖子下的手臂看起來很細，但是二頭肌隆起，透露出他可能有運動習慣或武術背景。但爺爺不屬於所謂的體育型老師。

每當和小朋友擦身而過，爺爺總能先喊出他們的名字，問說「現在在讀哪本書？」爺爺記得所有學生的名字令人驚訝，但更讓楓驚訝的是，爺爺都知道小朋友們正在讀的書的大部分內容，並熱烈地談論這些「故事」所散發的魅力。

畢業典禮的時候，爺爺會將一本書和證書一起交給學生。書種從純文學到推理小說、科幻小說或漫畫等等，不一而足，會根據每個學生的個性而有所不同。不僅是書，爺爺甚至還會把恐怖遊戲的遊戲片交給學生。

對爺爺來說，遊戲也是形塑人格過程中重要的「故事」。他相信，有時孩子們需要聽一些讓他們睡不著覺的恐怖故事或奇妙故事，而這些故事可以激發他們的感性和創造力。爺爺果然沒看走眼，據說那名小朋友後來開了一家遊戲公司，並連續創作出了多款暢銷遊戲。

在楓的畢業典禮上，爺爺的「校長致辭」也是相當突破傳統。當時爺爺突然從口袋中拿出一本書，很戲劇性地朗誦起其中一段。

「現在很少聽到這個詞了。」以足以媲美歌劇演員的男中音展開的「校長朗讀劇」，讓孩子們和家長們都大吃一驚。

「就算提到了也是以輕浮的口吻。使用現在已經過時了的這個詞時，一定都要稍微冷嘲熱諷一下，不然就遜掉了。大家知道是哪個詞嗎？那就是……」

爺爺在台上停了一拍，環視楓等一群學生，用他的男中音緊接著說。

「『冒險』這個詞。」

接下來爺爺大概有一分鐘都沒說話。等到禮堂裡陣陣嘈雜聲變小之後，他才恢復了平時的愉快口吻。

「這是出自推理小說作家傑克．芬利（Jack Finney）的《襲擊瑪麗女王號》（*Assault on a Queen*）這部作品的一句著名臺詞。這個詞看似陳舊其實新鮮，令每個人內心雀躍，那就是『冒險』這兩個字。啊，現在是不是有人在想這兩個字怎麼寫？那表示你們還需要多加油。」

禮堂中響起了竊笑聲，等笑聲平息後，爺爺表情嚴肅地說道：「各位畢業生，並沒有無限的未來在等著你們。」他的語氣斬釘截鐵。

「一切都是有限的，結局總會到來。青春這項武器，很快就會生鏽。如果你想要擁有理想的未來，請勇往直前，努力冒險。我要說的就是這些。」

對楓來說的「冒險」，就是跟她所崇拜的爺爺一樣成為小學老師。

（沒錯，我不會忘記的。）

在畢業典禮上爺爺送給楓的書是羅伯特．F．楊（Robert F. Young）所著，以《蒲公英女孩》（*The Dandelion Girl*）為題的短篇小說集。《蒲公英女孩》就像它的書名一樣，描述一個擁有蒲公英髮色的女孩跨越時空的一段悲傷愛情，是一部動人的古典科幻小說。

至今楓還記得開頭的著名台詞，「前天我看到了一隻兔子」，楓完全可以倒背如流。楓的髮色像她媽媽香苗，淺栗色，從這個意義上說，她和蒲公英女孩很相似。也許爺爺送她那本書當禮物，是希望獨生孫女能談一場美好的戀愛吧。

（對不起，爺爺。我完全不會談戀愛啊……）

如果說《蒲公英女孩》有給楓帶來什麼影響，頂多就是讓她喜歡上了花吧。正當她苦笑時，頭頂上傳來了聲音。

「楓老師，你在傻笑什麼呀？」

楓回神後一看，同期的男老師岩田，他正拿著小盤子站在那裡。

「原來是聞到了我帶來的點心的香味啊。」

楓趕緊否認，並慌張地重新握緊紅筆。

儘管已經是秋天，岩田仍穿著破舊的短袖襯衫。猜想他是希望一年當中，哪怕只是多一秒鐘也好，讓大家多看看他的二頭肌。

「今天我試做了一個巧克力蛋糕。不知對楓老師來說會不會有點甜。」

「哇，太好了。我不客氣嘍。」

儘管岩田身材粗壯，但他的興趣卻是烹飪和製作甜點。蛋糕入口即化，立刻在舌尖上融化。雖然覺得有點甜，但對疲憊的身體來說，這種味道還是令人愉快的。孩子們肯定會喜歡這味道。

「謝謝你，真的很好吃。」

岩田露出一個大大的笑容，整張臉都皺了起來，並且不好意思地大把抓了抓他自然鬈的頭髮，才又回到他位於對面的座位。他蓬鬆的頭髮就像剛做完美容院的燙髮一樣，頗為可愛。

楓隱約察覺到他對自己可能有些好感。岩田絕對是個好人。然而，楓卻難以承受他直爽又天真活潑的個性。也許是因為楓比較內向，凡事總是想很多，所以對於那種能受到大家歡迎的開朗性格感到有些自卑吧。

回想起來，楓總是容易受到女性朋友們的批評。

〈楓，妳長得那麼可愛，拜託不要再用那些艱深的詞句了，說些輕鬆一點的話題。這樣才能更容易和大家打成一片。〉

有些人雖然不直說，話中卻是滿滿的惡意。

〈說真的，現在都可以用手機看書了，還特意拿紙本書，我覺得那也是一種炫耀，非常矯情。〉

還有些人會暗暗嘲笑她不善穿著色彩明亮的服裝。

〈為什麼楓總是穿黑色系的衣服呢？有人說「既然髮色那麼亮麗，衣服也應該搭配一下」。不過，我個人覺得那是楓的自由啦。〉

面對那些批評，楓無法回嘴。她甚至覺得自己作為一個二十多歲的女性，實在過於老成。這種自卑感在戀愛方面也成了絆腳石。也許是書看太多、對印刷字上癮產生的弊端。

不過更深入探究的話，可能是因為「那件事」，使得她不僅在戀愛方面，甚至在和一般成年人之間的交往上也顯得退縮。也許是遺傳自爺爺，楓唯獨面對孩子們才能夠侃侃而談。

「楓老師，妳有在聽嗎？」

「啊，抱歉。」

岩田從對面的座位上朝她搭話。

「我剛才在想事情……你剛才說啥？」

「妳怎麼這樣說話。」

岩田嘟起了嘴。

「這麼可怕的事，妳不會要我說兩遍吧。」

「可怕的事……」

「對啊，妳還記得我們一年前去的那家居酒屋嗎？位於碑文谷北邊的『春乃』居酒屋。」

「當然記得啊。」

記得也是理所當然的。那家高級居酒屋原本就是爺爺時常光臨的店家，而楓之所以選擇那家店，是因為她不太想跟岩田兩人單獨喝酒。還記得那次岩田醉倒趴在桌上，楓就和早就在店內的爺爺兩人在吧檯座位悠哉地喝著酒。

就是那間「春乃」，岩田神情嚴肅地說道：「昨天晚上，在春乃發生凶殺案了！」

在爺爺鍾愛的居酒屋裡，竟然發生命案？而且據岩田所說，他的高中學弟當時正好在現場。

「我剛剛接到學弟電話，現在要去和那傢伙喝一杯。如果楓老師不介意的話，一起去怎麼樣？」

「啊？但如果我去的話，會不會很唐突？」

「那倒是沒問題。記得嗎？我高中時可是打過棒球的。」

「我是第一次聽說。」

「是嗎？總之就算畢業多年，棒球隊的學弟們還是會聽學長的話。所以就算我臨時帶著楓老師妳過去，也不會有任何問題。只不過……」

「不過什麼？」

「那傢伙自己的問題比較大。他真的是個怪胎。」

2

在這家看起來像小木屋的義大利酒吧，楓比預定的時間提前五分鐘到達。她看著北歐風格的松木內牆，不禁想起了蒙樹麗咖啡店。

小巧的店內只有一個吧檯和兩張桌子，靠裡面的那張桌邊，一對年輕情侶正在喝紅酒。靠外面的桌上放著一個寫著「已訂位」的牌子，應該就是這個座位沒錯。

在那個角落裡，一個與自然捲岩田截然相反的人物，頭髮筆直且髮量豐厚，獨自一人讀著文庫本。甚至連性別都難以辨認，但由於身上那件藍色襯衫的鈕釦在右側，所以應該是男性吧。

他的髮型該怎麼形容呢？是類似女性留到下巴長度的鮑伯頭吧。沿著線條銳利的下巴，髮梢剪得非常整齊。前額低垂的瀏海，讓人看不清他的長相。不過，楓注意到他的手指纖細修長。

楓鼓起勇氣主動搭話，儘管她不擅長，但畢竟她比對方年長。

「請問您是岩田先生的學弟嗎？」

「是的。」那個長髮男子回答時，連看都沒看楓的眼睛。

接著他用修長的無名指按了一下手機螢幕，看了一眼後說道：「距離約定時間還有四分二十五秒。如果妳不介意的話，我想在那之前把這本書讀完。」

四分多鐘就這麼過去了，楓只是默默地聽著那個長髮男子翻書頁的聲音。奇妙的是，她並沒有被忽視而生氣。或許是因為男子翻書的方式，帶著一種不傷書頁的細膩吧。

牆上的報時貓頭鷹，宣告現在已經八點了。長髮男子馬上將額頭上的長髮一下撩起。楓不由心想，這是在哪個戲劇的場景中嗎？啊，不過這男孩，鼻子很挺。

「很高興認識妳，請直接叫我的名字。我叫四季，日本四季分明的四季。」

「四季你好，很高興認識你。」

自己也只須說名字就可以了吧。

「木字旁加上風，不久就是美麗楓紅季節的『楓』，我叫做楓。」

四季用鼻子冷笑了一聲。

「妳是在寫詩嗎？」

「啊？」

「我說啊，我知道我的自我介紹可能讓妳被我影響。但是平常人在說明自己的名字時，會說什麼美麗楓紅嗎？這表示妳對自己的美貌很有信心嘛，不怕別人拿楓紅來對照。」

「不，我不是那個意思……」

楓勉強掛起微笑，但笑容明顯僵硬。這人是有病嗎？算了，看在他的睫毛很長，就不跟他吵了。而且憑良心說，我也沒信心能吵得贏他。明明對孩子們說話時，一向是口才無礙的。

「話說岩田學長怎麼還沒到？他是這次聚會的發起人，怎麼可以遲到呢。」

「是啊。不過他說過他工作滿多的。」

服務生過來了。長髮男子，不，四季很老練地說：「還有一個人要來，點餐的時候再……不，先來兩杯生啤酒吧，妳可以喝吧？畢竟妳剛剛讓我聽到那麼詭異的詩。」

「什……」

這是什麼說法啊？但楓最後還是低下頭，壓抑自己的情緒，心中滿是懊惱。

「好的，喝一點應該沒問題。」

「請給我一份卡布里沙拉，還有生火腿拼盤，其他的等另一位到了再一起點，麻煩你了。」

「那個，抱歉。」

「怎麼了？」

楓再次努力擠出笑容，終於試著說出口。

「點餐的時候，希望能徵詢一下我的意見。」

四季低聲笑了笑，依然沒有看著楓。

「妳自己沒注意嗎？從剛才妳就一直在看鄰座的卡布里沙拉，看了兩次，不，三次。」

天啊，不會吧。楓感覺自己的臉唰地一下變得通紅。

「啊呀呀，幹麼臉紅呢？被妳一直盯著看的番茄、莫札瑞拉奶酪和羅勒，可是更害羞呢。」

「那生火腿拼盤呢？」

「那是我想吃的，怎麼了嗎？」

「沒事。」

正當楓意識到自己的臉又變得更紅時，四季指著從楓的外套口袋裡露出一點，以油畫為基調的細長封面的書。

「是『不可能的犯罪大師』狄克森．卡爾啊，挺有格調的嘛。」

（哦，原來還是可以聊天的嘛。）

「對，是《四個凶器》（*The Four False Weapons*），已經快讀到結尾了，還滿不錯的。」

「什麼？」四季看起來是真心感到驚訝。

「妳不是故意把書露出口袋當作一種時尚嗎？原來妳真的在讀那本書啊。現在還有人讀卡爾的早期作品嗎？不好意思，我這麼說可能有點那個，但像妳外表這麼符合當今時尚的人，讀這種書？啊對不起，我是在稱讚妳。」

「等等，我不太明白你在說什麼。」

「啤酒來了。」

「等岩田老師來了再喝吧，你不要岔題。」

咦？我是不是有點亢奮啊？我居然能和剛認識的男生講這麼多話。

「讀卡爾有什麼不對嗎？」

「不是卡爾有什麼不對，只是……」

四季搔了搔高挺的鼻子。

「翻譯的古典派推理小說，我真佩服妳能讀得下去。」

「你這話什麼意思？」

「如果要列出所有原因，可能需要整晚的時間，但我簡單說一下。首先，故事舞台設定太過時。按常理，誰會在荒涼的孤島上蓋一棟有很多房間的豪宅呢？比起被連續殺人犯殺死，我覺得餓死更可怕。

其次，角色設定過於刻板且陳舊。在嫌疑人中有一名退役軍人，但他的綽號仍然是『上校』，而且他的妻子還是一名年齡可以當他女兒的金髮美女，真讓人擔心他會不會被妻子謀害。

再者，翻譯實在太老派。當老人出現時，總是用類似『老朽可是活過了兩次大戰啊』這樣的語氣說話，明明是發生在倫敦的故事，舞台卻不知何時變成了岡山還是廣島。

還有一點，這也是翻譯作品的宿命——登場人物的名字實在太難記。要掌握『福特斯庫一家』所有家族成員的全名實在是一項至為艱鉅的任務。當『伊姆霍特普之女，蕾妮森普』出現時，完全無法記住。怎麼說呢，我覺得姓名過於繁瑣，反而突顯出故事的虛假感。與其給人物取個複雜的姓氏，不如只用名字，或是綽號，甚至可以更簡單，像是『奶奶』或『哥哥』這樣的人稱代名詞。

總之，所謂翻譯的古典本格派推理小說，就像在一個已經夠假的容器中又加了好幾層假假的東西，我都稱之為，俄羅斯套娃式推理小說。」

（天啊，他真的有點說到我心坎裡去了……）

的確，過去的海外推理小說在舞台設定和角色塑造上的陳腐是無法否認的。尤其是卡爾的文筆，瀨戶川猛資也曾提及這個問題。但即使如此，瀨戶川和楓一樣，都特別偏愛卡爾之類作家的作品。

好的作品讓人有如用手指輕撫過木製高級家具般愉悅。而且，舊的翻譯作品也有一種獨特的韻味，也可以看作是反映那個時代的一面鏡子。本想正面反駁他的，但為了避免爭執，還是忍耐一下吧。不如把問題丟給對方。

「那麼，你……四季同學是吧？你喜歡讀哪類推理小說呢？」

「推理小說我只看日本作家的作品。」四季斷然說道。

「沒有哪個國家像日本這樣成立那麼多獎項，為新人打開推理小說的大門。如果舞台設定或角色設定不夠好，在這個階段就會被淘汰。所以整體水平自然跟著提高，也不會有因為譯者而毀了原作這樣的悲劇發生。至於類型的多樣性，簡直是百花齊放。現在的日本可以說是獨冠全球的推理小說大國吧。」

「那單純只是四季同學你的個人喜好，或者說是你的一廂情願吧。」

「唉，我都已經提出了證據，請不要把它歸為個人喜好可以嗎？」

（哇，這個人還真愛辯啊，為了辯論而辯論的那種。）

楓不由得聳了聳肩。

「看，就是這個。」

「咦？怎麼了怎麼了？」

「剛才妳聳肩了，對吧？一般日本女性在困惑時是不會聳肩的。妳是法國南部度假勝地的有閒夫人嗎？因為老在讀克莉絲蒂的作品，自然而然就養成了這樣的習慣動作。我都把這種現象稱作，俄羅斯套娃式推理小說病。」

（這個絕對是他剛剛編出來的！）

正當楓忍不住要大聲反駁時，岩田走進來插話說：「不要吵了！」

「楓老師，妳看吧，這傢伙是怪胎中的怪胎，對不對？」

楓深吸一口氣。冷靜，保持笑容。

「沒關係，我自己也是個怪胎。不過岩田老師，不好意思，能讓我跟你學弟說句話嗎？」

面對剛認識的人，尤其是男性，已經有好幾年沒有像這樣正面抗辯過了。楓鼓起勇氣，看向四季。

「福特斯庫家族是出自《黑麥滿口袋》（*A Pocket Full Of Rye*）。伊姆霍特普的女兒蕾妮森普則是出現在《死亡終有時》（遠流出版，*Death Comes as the End*）

裡的角色。這表示你自己也在看克莉絲蒂的作品吧？」

「我說小楓啊——」從點了葡萄酒開始，岩田對楓的稱呼就變了，但楓決定忽略這點。

「四季這人有趣的是，他在打棒球時，不知為何就會想當裁判、教練，甚至是啦啦隊員。因為這樣，最終他成了一個默默無聞的劇團演員……讓人很難理解吧。」

劇團演員……但楓卻感覺似乎有點懂。

「而且四季還有一個奇怪的人生觀。你說那個什麼來著？」

四季臉上浮現有如孩子般的笑容。

「楓老師，我覺得啊，這世上所有的事都是故事。」

楓心頭一驚。這種既視感……不，應該說是四季感吧。雖然令人惱火，卻又在心中找到了共鳴。

「有一位日本著名演員在去世前曾說過，『現在發生的一切都是正確答案。』我是這樣解釋這句話的，『世間所有的事都是故事，而且都有一個快樂的結局』。

所以我認為，在自己的人生中，無論多麼膚淺，都應該盡可能投身於眾多快樂結局的故事中。」

四季又將長髮從額頭上撥開。但這次，楓卻沒有覺得不可思議和不悅。

當番茄肉醬麵上桌時，岩田搓著手高興地說道：「這是這家店我最推薦的一道菜。看到這個，就會忍不住想說《妙廚老爹》的故事，你們不覺得嗎？我可是蒐集了全套漫畫呢。」

當楓笑著說「全套？」時，四季也同時小聲在笑。

在享用了美味的米蘭風炸豬排之後，剛好在需要重整心情的時候，餐後的卡布奇諾端了上來。還好酒量不佳的岩田沒喝到爛醉。

四季說：「現在可以談談命案的事了嗎？」

那起據說發生在市內高級居酒屋的命案。原本這種事都會被大肆報導，不過正巧碰到日本足球代表隊在比賽，所以在一般紙媒也只是做了普通報導，網路新聞則是幾乎沒有報導。

「之所以沒有引起騷動，可能因為那是昨天才發生的事吧？」

四季從椅子上站起來，將臉湊近了楓和岩田。

「可能也是因為警方不知為何還沒發布詳細新聞的關係吧？」

鄰桌的情侶已經離開，店裡的客人只剩下他們三個。即使如此，四季還是稍微降低音量，避免讓廚房裡的店員聽到。

「這絕對是一起凶殺案，而且我希望你們明白我為什麼要談這件事。因為……我的朋友被捲入了這起案件。」

岩田接著他的話說：「沒錯，楓老師。」

一旦喝了卡布奇諾，岩田對楓的稱呼又回到了楓老師。這種人就是只要不喝酒就不敢追求女生。這種笨拙的地方，楓老實說也並不討厭，但是……

「四季打電話找我商量時，妳正好就在我面前。我就想起妳也是推理小說迷，所以我就邀請了楓老師一起參加。」

四季將製圖軟體製作的居酒屋簡圖，發送到兩人的手機上。

「首先，請看這個。這是『春乃』的平面圖。和這家店一樣，只有兩張桌子，

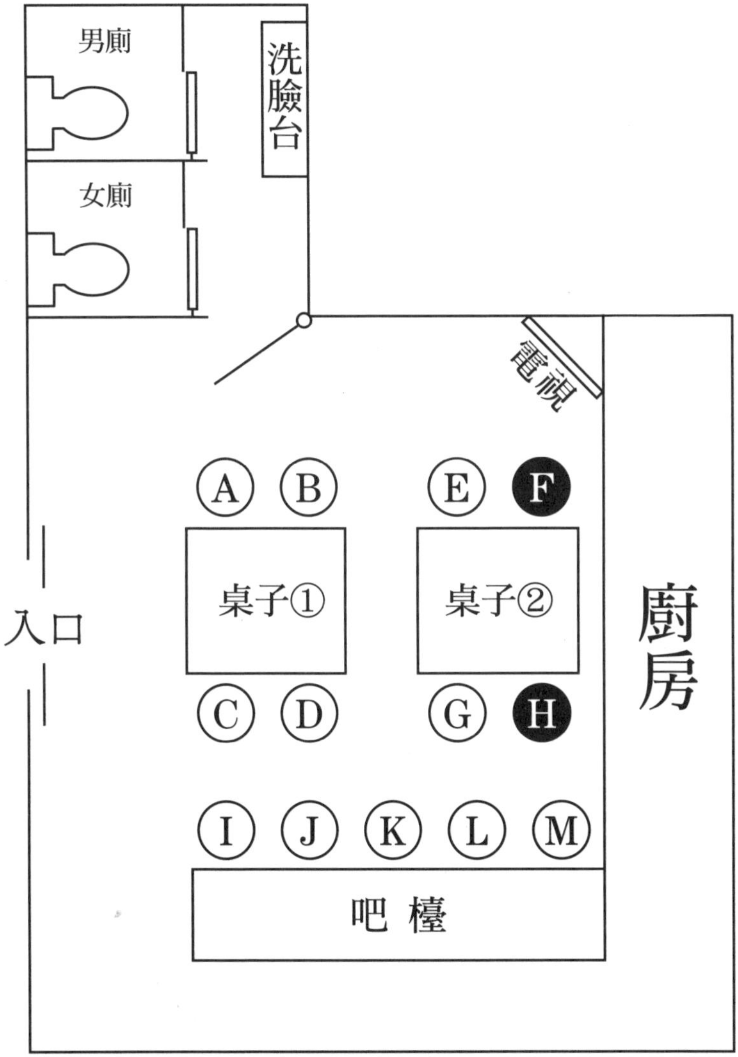
男廁
洗臉台
女廁
電視
A
B
E
F
桌子①
桌子②
入口
廚房
C
D
G
H
I
J
K
L
M
吧 檯

其他還有幾個常客愛坐的吧檯座位，是一家小巧的居酒屋。」

楓看著平面圖說道：「嗯，我去過幾次，大概就是這種感覺。」

穿過碑文谷北邊的目黑路，再走幾分鐘就到「春乃」，是一家舊民宅風格的餐廳。雖然叫做高級居酒屋，卻不是那種讓一般客人望而生畏的高檔餐廳。一名打扮輕鬆，穿著牛仔褲的開朗老闆娘獨自打理這家店，店內的氣氛和收費都十分親民。

儘管價格不高，但店裡的小菜和招牌燉菜都很有名氣，會讓人想起四十歲左右保養得宜的老闆娘，她的笑容，以及那身乾淨雪白的圍裙。

「店面大小剛好，而且地方釀酒的種類也很豐富。」岩田補充說。

楓心想，（你還好意思擺出一副內行人的樣子，那時候你還來不及喝到日本酒就醉倒了。）但她只是想想沒說出口，轉而問四季。

「那麼，從A到M都是指客人嗎？」

「是的。左側，也就是西側的一號桌有四個人，由A到D共兩男兩女組成，他們看來是下班後過來的。東側的二號桌坐了由E到H四個男的，其中包括我和我們的劇團成員。我記得吧檯位置都坐滿了男性客人。總之當時店內非常熱鬧，已經客滿。由於老闆娘是獨自打理這家店，所以她一定很忙。說到這裡沒問題吧。」

楓和岩田同時點頭。

「好的，坐在二號桌的F，也就是我。背後的電視上正在播放日本足球代表隊的比賽，絕大部分客人都邊看球賽邊喝酒。也就是說，這時並不會有太多人點菜，老闆娘也可以稍微喘一口氣。」

楓聽完說有道理。

「雖然這是一家居酒屋，但當時的狀態比較接近所謂的運動酒吧。」

「沒錯。老實說我對足球一點興趣也沒有，而且我受夠了時不時便會響起一陣日本隊加油聲。球員根本就聽不到好嗎？有幾次我反骨心態發作，會趁著一片混亂時偷喊沙烏地阿拉伯加油！」

「話不是這麼說啊。」岩田的聲音帶著點怒氣。

「球迷的聲援即使不在球場上也一定能夠傳達給球員，會成為球隊的力量。」

「是喔，那麼在居酒屋裡吃鮭魚肚的客人，他們的加油聲可以傳到國立競技場嗎？如果真像你說的，日本早就連霸世界盃冠軍了。」

「你這小子……」岩田臉色都變了。

「這是前棒球隊隊員該說的話嗎？既然你在從事表演藝術，就必須要能夠對不同人的情感感同身受。以後你可能必須扮演，即使無法前往國立競技場，但還是想要給日本隊加油的球迷角色，那和你剛才說的完全矛盾不是嗎？」

岩田說得義正辭嚴，頓時尷尬的沉默籠罩了整個房間。出乎意料的是，四季馬上站了起來，深深鞠躬道歉。

「可能是因為案子牽連到我的劇團夥伴，讓我有些情緒失控。學長，這攤我請客，拜託原諒我吧。」

「不用了，不用了。我怎麼可能讓學弟請客呢。」

岩田看起來有些慌張，抓了抓自己的一頭鬈毛說：「我也說得太過火了，這次就原諒妳。坐吧。」

楓從沒參加過社團活動，看到這兩人的互動，不免有些羨慕。

「有些離題了。接下來，話說我是在後來看體育新聞時才確認時間的。」

四季接著說：「下半場剛開始的前十分鐘，比數還是三比三。接下來，日本隊發動一連串猛烈攻勢，連續踢出三次強力射門。包括在多名防守球員面前勇敢打出的中距離射門，從角落直接射門，以及從角球得到的自由球。可惜，這些射門不是被守門員密不透風地擋下，或是球打中門柱，都沒能夠得分。比賽氣氛越來越緊張，整間居酒屋的客人全體起立。」

「沒錯，那十分鐘大家都拚命加油。你當然也站起來了吧？」

「不，我一個人繼續坐在那裡吃堅果。」

「那就不能算是全體起立了。」

「『日本隊凶猛三連發！時鐘指針不到十點，沒有一個人坐在座位上！』那段實況轉播我至今都還記得。猛攻結束，敵隊終於拿到控球權，時間剛好是晚上十點整，可能是剛才太緊張了，這時店裡氣氛稍微緩和了一點。接下來就是最重要的部分。坐在我對面的，是一名和我同年紀的劇團成員，他是『春乃』的常客，我們暫且稱他為H。他去洗手間，約三分鐘後回到座位上。故事接下來是關鍵時刻，請仔細聽好。」

四季的表情突然變得嚴肅起來。

「等、等一下，四季。可以讓我錄音嗎？」
楓在得到同意後，開始用手機的語音備忘錄錄音。
這一定會需要爺爺的幫助，她直覺地這麼認為。
「可以了嗎？那麼……」
四季的表情完全成了一名戲劇演員，開始講述「重現劇」。

「……從洗手間回到座位的H點起了香菸。」
坐在他對面的我，也就是F，對他說：「洗手間空著嗎？」
H回答：「啊，請便，是空的。」
F站起來，朝洗手間走去。他經過女廁走到最裡面的男廁，但不知為何門打不開。定睛一看，把手的鎖是從裡面鎖上的，敲了門也沒有回應。
F瞥了一眼腳邊，突然驚呼出聲。
「啊！」
為什麼F，也就是我，會情不自禁地驚叫呢？因為從洗手間的門下流出了明顯是血的液體。

F對著廁所裡喊：「發生什麼事了嗎？你還好嗎？」裡面沒有任何回應。於是F站到洗手台上，從上面往洗手間裡瞧去。

就在那時，他注意到一個光頭紋身瘦瘦的中年男子，雙耳穿了耳環，坐倒在馬桶上，身體前傾。他背上插著一把像刀子的東西，血從傷口湧出，流到門外，地上全都是血。穿著緞面夾克，背部滲血的中年男子一動也不動。

這時我，也就是F，已經確定──

這個人已經死了。而且就在剛才，在這個地方被殺的……卡！

楓捂住了嘴，沉默不語。她萬萬沒想到四季竟然是第一個發現屍體的人。還有……岩田似乎也是第一次聽到這件事，他交叉著雙臂，保持沉默。過了一會兒，岩田問說：「然後呢？當然是報警了吧？」

「是的。首先，我盡量不讓這件事鬧大，悄悄地穿過櫃檯後面，走到廚房。老闆娘正悠閒地將一手撐在調理台上支著臉，在紙上寫著香料雞肉料理之類的新菜單……但她一看到我異樣的神情，便停下了手中的油性筆，撕掉了那張紙。或許是被我慌張的態度嚇到，寫錯了字吧。接著，在我的催促下，她報了警。但當時她已完全茫然失措，一向堅強的老闆娘，那會兒連聲音都在顫抖。她打完電話後，便雙腿發軟當場蹲坐下來。」

「真讓人心疼。」楓說。

她知道老闆娘工作辛勞、品性善良，所以特別能體會當時那情景。

「來了三輛警車，暫時封鎖了現場，警方立即找在場人員問話。我認為這裡也是重點，請不要聽漏了。」

楓和岩田再次聚精會神地傾聽。

「便衣警察問道，在屍體被發現之前，您有沒有看到有人去上洗手間呢？」

一號桌可以看到通往洗手間動線的客人們的證詞。

男客C：「嗯，大概到晚上九點半左右，大家都去過洗手間好幾次，但之後我就不記得了。在日本連續三次猛攻群情振奮不久後，我記得大約晚上十點，終於有隔壁桌的人去了洗手間。」

這個「隔壁桌的人」自然是指H。

女客D：「我也沒看到。當時電視上正在播球賽，如果有人去洗手間的話，我應該會注意到的。」

吧檯的客人們也紛紛做出類似的證詞。

「九點半以後到十點左右，沒有人去上洗手間。」

「是啊。說實話，當時我們根本無暇他顧。店裡每個人都待在座位上。」

「畢竟比分是三比三，那是一場讓人無法移開視線的激戰啊。」

二號桌客人們的證詞也一樣。

也就是說，除了在晚上十點過後發現屍體的F，也就是我。最後一個去男洗手間的人，就是在那之前去上洗手間的H。更重要的問題是……」

在那瞬間，四季似乎忘記了演員的身分，眼中閃過一絲恍若痛苦的情感。

「H堅持行使緘默權拒絕作證，因此被警方帶走了……卡！」

（四季的朋友竟然被警方帶走了……）

楓故意打破再次籠罩現場的短暫沉默。

「被害人的身分查出來了嗎？從你的描述來看，他似乎不是客人之一。」

「不，恐怕是還沒有查出來。老闆娘表示她從沒見過那個人，我也聽到便衣警察說他身上沒有駕照，也沒有其他證件。」

「作為凶器的那個類似刀子的東西，是誰帶來的？」

「啊，那個倒是很快就查出來了。」四季說。

「這也是我從鑑識人員那裡聽來的，遭殺害的男子，腰間的皮帶上掛著一個裝蝴蝶刀的皮套。」

岩田抓了抓亂糟糟的頭髮。

「所以是凶手搶走了他腰間的蝴蝶刀，然後捅死他。」

「看來是這樣。」

「那麼結論不是顯而易見嗎？雖然對四季不好意思，但是H是否因為某種原因在衝動之下殺了人呢？只要有三分鐘就足夠犯案。而且他還保持緘默，光這點就讓他顯得非常可疑。照一般想法，他絕對不會是個正經的人。」

「可是學長，H其實是個非常正經的人。在戲劇圈，這可是個致命缺點。」

「致命缺點？」

沒錯，四季直視岩田的眼睛肯定地說道。

「在戲劇圈，當一個大好人是不行的。H完全沒有即使踩著別人也要搶到角色的上進心。但是呢，只有這一點我可以跟各位保證，他的個性真的很好。他不是那種會殺人的人。他是個認真、善良和正義感強烈的好男人。在這一點上，他可能和學長有點像。」

岩田一邊表示「快別這麼說」，臉上的表情卻十分高興，開心得整張臉都皺了起來。

「我真的是那麼好的男人嗎？」

「不，我指的是前面那部分。『只有』個性好這一點。」

「喂！」

「對不起。」

「這次就算了。」

「要是H真的是凶手，當我想去洗手間時，他絕對會阻止我，對吧？」

「確實是這樣。那麼為什麼H保持沉默呢？不，比起那個……」

岩田又把手放在自然鬈的頭髮上。

「這個案件……究竟是誰，在哪裡，以什麼方式，殺了刺青男？」

「包括那一點在內，一切都很離奇不是嗎？」

四季說：「讓我們按時間順序，重新整理可能發生的事件和重點。」

「首先，在九點半之後，沒有人去過洗手間。十點整——H去男廁解決生理需求。大約三分鐘後，他回到座位，這時我問他男廁是否空著，他回答我『啊，請便，是空的』。接著我立刻走向男廁——但不知為何，門從裡面鎖上。敲門喊話都沒有反應。於是我慌忙地爬上洗臉台，從門的上方往裡面張望，那裡有一具背部被刺的屍體。」

「洗手間沒有窗戶吧？那種有人能偷偷溜進去的窗戶。」

「沒有。就像圖上顯示的那樣。」

「那麼，問題仍然是……」

「是的，正如學長所說。這個案件，究竟是誰，在哪裡，以什麼方式，殺了刺青男？而且還有一個問題——凶手消失到哪裡去了？」

一陣沉默過後，牆上的貓頭鷹時鐘又叫了一聲。

始終保持沉默聽著兩人對話的楓開口了。

「我認為這是一樁涉及相當複雜謎題的案件。」楓直接表達自己的直覺。

「所以四季才會來尋求我們的意見吧。」

四季聳了聳肩，發出啊哈哈的笑聲。

你自己不是也聳肩了。

「喂，四季，能不能等明天再說？說不定到時候我能舉出一些有助於解決這樁案子的論點。」

明天是假日，意思是可以去爺爺家請教他。楓悄悄按下語音備忘錄的停止鈕。

3

一到爺爺家，雨就停了。雖然毫無根據，但感覺爺爺今天的身體狀似乎不錯。

穿過庭院，滿地的落葉因雨水而閃閃發光，從書房的窗戶裡傳來了聲音。

「A～E～I～U～，E～O～A～O～」

「A～E～I～U～，E～O～A～O～」

看來今天是在進行發聲練習的復健。

現在的長照護理實務，很少是單獨一人負責所有的復健項目，多數情況下是根據不同目的，由各專業人員組成一個團隊。「聽力語言治療師」是一門相對新穎的復健專業，主要幫助人們說話、聽力和吞嚥等行為。

楓敲了敲書房的門，報上名字，房裡傳來一個討喜的明亮聲音說：「請進。」

「您的孫女來了。今天您的身體狀況很好呢，碑文谷先生。」

就像昔日的說書人被稱為「某區某街的師傅」，喜歡落語的爺爺一直很喜歡「碑文谷」這個綽號。

楓低著頭悄悄進入書房，一名把快禿的頭剃成光頭、瘦瘦的中年男子，正戴上醫療用橡膠手套，準備開始喉部按摩。他的身高大約和一百六十公分的楓差不多。不，可能要再稍矮一些。

「有些老人家的喉嚨肌肉會像駝峰一樣下垂，那是因為喉部肌肉鬆弛。天生的吞嚥能力也會因此下降，平時經常按摩可以讓狀況改善很多。」

「哦哦，感覺不錯吔。一直以來很謝謝你。」

「不過碑文谷先生的髮質真好，真讓人羨慕。」

男子轉了轉頭，將自己光溜溜的頭頂展示給爺爺和楓看，引起了一陣笑聲。

「不過，無論碑文谷先生的髮質有多好，還是無法和我女兒相比。首先，長度就不同，滑順程度也不同。最重要的是，光澤感也不同。」

「這是當然的啊，拿你女兒和我這樣的老人相比有什麼意義呢？」爺爺大笑了起來。「你總是這樣，讓我忍不住想叫你寵女傻爸。」

爺爺喜歡給身邊親近的人取綽號。他一定和傻爸很合得來吧，這種氛圍有點像在理髮店裡的閒聊——兩人的對話節奏很好，光是在旁聽著都讓人感覺愉快。就像江戶川亂步的名篇隨筆，《汽車問答》（カー問答）一樣。

「爺爺的長篇大論沒有給您添麻煩吧？」楓問道。

傻爸搖搖手，認真表示沒有這回事。

「我對碑文谷先生的博學經常感到敬佩。」

他的人中隆起，有點像猴子，給人一種幽默的印象。

「如果用運動來比喻的話，就像是十項全能冠軍吧。他精通各個領域，光是和他交談就能學到很多。我甚至想付學費給他呢。」

這不像是客套話。從他那雙滿是笑紋的小眼睛，流露出旺盛的好奇心。

「哦，十項全能是個有趣的比喻。」爺爺單邊嘴角上揚，顯得調皮。

「那讓我問問傻爸吧。你能說出十項全能的全部比賽項目嗎？」

「又來了，拜託饒了我吧。」

傻爸特意將臉轉向楓，對著楓苦笑，摸了摸自己光溜溜的頭。

「妳看，楓老師，我總是這樣被碑文谷先生打敗。」

「那我來代替回答吧。首先是百公尺賽跑，然後是跳遠、鉛球……」

「好啦好啦！今天還是碑文谷先生贏了。」傻爸吐槽時機之精準，讓楓忍不住也笑了出來。

恍如配合治療結束的時間，庭院裡的鈴蟲發出了蟲鳴。現在住家庭院裡有鈴蟲是相當罕見的，這也成了爺爺引以為傲的一件事。

「那我該告辭了。」

爺爺揮手道謝，似乎又覺得意猶未盡，問說：「上次庭院裡的鈴蟲群鳴，錄得還好嗎？」

「錄得非常好，我女兒聽了十分喜歡。」

「太好了。三隻鈴蟲在同一片葉子上鳴叫可不常見。」

「買了很貴的錄音機真是太值得了，這就是所謂的療癒感吧。」

「是啊，清少納言曾說過『蟲即鈴蟲』，而將鈴蟲的音色列為第一。」

「不，對不起，我指的不是那個。」傻爸誇張地扭著脖子做出搞笑的表情。

「是我女兒聽著那音色，她的笑容令我感到療癒。」

「哈哈哈，我真受不了你。」

「那麼楓老師，請好好休息。」傻爸用和楓差不多高的視線位置鞠了好幾個躬，然後離開了書房。

（爺爺真是幸福啊。）

傻爸不僅給爺爺在身體上的支持，還能像這樣逗他笑，真的非常感激。當初製作居家照護計畫表時，照護員對我說的「照護工作最重要的就是，包括家人在內的團隊合作和笑容」，這句話如今楓深有體會。

楓在心中向護理人員致敬，並開始向爺爺講述案件的概要。

爺爺一向自豪他的聽力幾乎毫無衰退。聽完案件概要和語音備忘錄後，爺爺眼神遙遠，喃喃自語道：「春乃啊。自從腿不聽使喚後，已經很久沒去了。妳知道的，那裡的燉牛筋可好吃了。醬汁和高湯的調味簡直是一絕。老闆娘獨自撐起整間店，能做出那樣的味道真是了不起。」

爺爺用他最喜歡的翠綠色咖啡杯，喝了一口咖啡。楓覺得從昨晚開始，他好像一直在喝咖啡。有一種說法是，喝咖啡對ＤＬＢ患者的身體有益。但爺爺也未免喝得太多了。

「那家的老闆娘啊，每次我去她都會問我『碑文谷先生，今天要待到什麼時候呢？』當我回答說幾點要回家，她就會靠近我耳邊說『那我就只出兩個問題吧，一樽溫酒怎麼樣？』開始事先交涉了起來。等客人變少的時候，她就把數學、英語等參考書全攤開在櫃檯上。老闆娘年輕時，因為某件事不得不休學。她一直在自學準備參加高中同等學力認證考試。無論是小學生還是成年人，解開問題時綻放的笑容都是一樣的，我看了也開心。最後我教了她五、六個問題，每次都是這樣，已經成了常態。」

「老闆娘通過考試了嗎？」

「當然通過了，妳以為是誰在當她的家教。」爺爺挑眉，看似開玩笑，聲音卻透露出一絲寂寥。

「那裡真是個讓人放鬆的優質好店啊。我跟常客H那個國字臉的年輕人也熟。當店裡忙碌時，他總是口氣溫柔地說『別管我，去忙妳的吧』，已經成了他的口頭禪，這些我都知道。我也知道他將已故母親的影子投射在老闆娘身上。而且，因為他的笨拙，他都沒有察覺自己對老闆娘其實已經抱有異性感情。」

「就是啊。」

「好了，」爺爺整理情緒，開始討論正題。「首先，我們假設四季沒有參與犯罪，再繼續討論。」

「對啊，不然這個故事就無法說下去了。」

「那麼，比命案本身的謎題更讓人忍不住關注的是，另一個更大的謎題，就叫它『菜單之謎』吧。」

「菜單之謎？」楓歪了歪腦袋。「有這樣的謎題嗎？」

「四季在洗手間發現屍體後，立刻去廚房告訴老闆娘。這時他看到老闆娘正悠閒地撐著下巴，把香料雞肉或其他新菜單寫在紙上——但是一看到四季，她就立刻停止寫字，並撕掉了紙張，這究竟是為什麼呢？」

「四季也說了，會不會是因為太慌張而寫錯？這點真的那麼值得在意嗎？」

「非常值得在意。」爺爺把杯子放在了茶几上。「即使是寫錯了，也沒必要特意撕掉啊。不管怎樣，她應該先聽聽四季的說法吧。而且撕毀菜單這樣粗暴的行為，根本不符合那位老闆娘的形象。那她為什麼要特意撕毀菜單呢？不，或者該說不得不撕毀菜單呢？這就是菜單之謎。只有在這個謎題獲得合理解釋，這個故事的真相才會浮現出來。」

仔細一想，確實可能如此。楓只在店裡見過老闆娘幾次，但她給人的印象並不像是因為寫錯菜單，就在眾人面前撕毀紙張的人。

那麼，到底是怎麼回事呢？爺爺用有如排隊時「向前對齊」的姿勢，將雙手伸向前方，表示暫且將菜單之謎擱置，將手往旁邊一掃。

「話說我本來希望楓立刻開始編故事，但在那之前，作為過去的常客，我想先讓妳聽聽我的親身經歷，這樣更公平。」爺爺的臉上露出複雜的陰影。「因為我大概知道那個刺青男是誰。」

「啊？」

「他從老闆娘高中時就用暴力控制她，造成她很嚴重的心理創傷。我偶爾會聽老闆娘抱怨自己以前交往的男人是壞人，我也的確見過刺青男站在店門口。」

「這樣啊。」

「大概是一年前的事吧。那是在一個風大到讓人有點擔心的寒冷夜晚。我像往常一樣，在那家店裡教老闆娘功課。但那天老闆娘卻喝得醉醺醺的，『碑文谷先生，今天的課就先上到這裡吧。我請你喝酒，你願意聽我聊聊前幾天出現在店門口的那個男人的事嗎？』老闆娘邊說邊把手支在吧檯上撐著下巴。」

（撐著下巴——）

這麼說來，四季進入廚房時，老闆娘也是這樣撐著下巴寫菜單。楓覺得這個撐下巴的習慣很可愛，很適合那個討人喜歡的老闆娘。

「因為我早已約略知道他們之間發生過什麼事，於是我就說：『他……出來了啊。』接著，老闆娘就在吧檯上崩潰大哭了起來。」

「出來了？從哪裡啊？」

「監獄啊。」爺爺一派態度輕鬆地說道。

「二十多年前，有個引起社會轟動的案件。一個身上有刺青的男人和一個女高中生組成的搭檔，在日本各地犯下多起闖入住宅搶劫案。事態嚴重到甚至有一個試圖反抗的受害者遭到殺害。主犯當然是年紀大了一輪的男人，而那名女子只是聽命行事的共犯。她的個子嬌小，運動神經發達，只負責從高處的窗子闖入屋內或確保逃跑路線等任務，但世間可不這麼看待她。作為惡名昭彰的犯罪搭檔，『日本的邦妮與克萊德（Bonnie and Clyde）』，旋即傳遍了整個社會。」

（邦妮與克萊德……）

楓曾經聽過這個名字。

那是美國新浪潮電影的代表性作品，也是懸疑驚悚片的經典之作，《我倆沒有明天》（*Bonnie And Clyde*）片中的兩位主角，以一九三〇年代在美國中西部連續搶劫銀行的情侶為原型的邦妮．派克（Bonnie Parker）和克萊德．巴羅（Clyde Barrow）。

「原來如此。所以這對情侶中的女生，就是當時高中生的老闆娘？」

「正是如此。」爺爺的額頭上刻著幾道悲傷的紋路。「最後他們兩人被捕，男的被判入獄，那個女高中生，也就是日後的老闆娘，被送進了少年輔育院。這段經過我也是從新聞報導中得知的。」

「嗯。」

「即使事情已經過了很多年，但我一看到那個出現在店門口的刺青男，立刻意識到他就是曾遭全國通緝的『日本的克萊德』。那麼老闆娘自然就成了『日本的邦妮』。克萊德在長期的監獄生活後，居然還厚顏無恥地再次出現在邦妮面前。」

「真討厭。」

「或許是藉著酒力，也或許她就是想對我道出一切吧，老闆娘自顧自說起被捕後的故事。在貧困家庭長大的她，竟是在少年輔育院裡第一次知道一天要吃三餐這件事。而她無法忘記在輔育院吃到燉煮菜餚的美味，於是下定決心，將來一定要開一家自己的店。」

楓感到心頭有股悸動。如果說楓的「冒險」是當小學老師的話，那老闆娘用整個人生去賭的「冒險」，就是開一家能充分發揮自己手藝的餐廳。

「對她來說，被捕是為了切斷與男人的關係，為了展開第二人生的天賜良機。然而，刺青男克萊德不知是從哪裡得知了她的行蹤，那天突然出現在店門口。他只有一個要脅手段，『妳不怕過去被揭露嗎？要不要讓這家店關門，全看我了』。老闆娘哭著答應了他的無理要求。我告誡她不要再答應那個男人的任何要求，如果他再出現，立刻通知我。」

爺爺瞥了一眼立在茶几旁的拐杖。但是，就算老闆娘想辦法聯絡到爺爺，以爺爺現在的狀況，恐怕也無法親自前往她的店。就算是用拐杖也沒用，楓假裝沒注意到，繼續把談話拉回正題。

「然後，終於來到了那一天是吧。」

「是的。克萊德沒有記取教訓，再次前來敲詐。店裡生意興隆，對他來說反而是好事，他一定樂得多榨些錢出來。他絕對沒料到那會是他人生的最後一天。反正他的身分警方應該不久就會查到了，可能案件延遲公開的原因也和這有關。警方預料到會引起騷動，所以要先想好如何應對媒體再公布吧。」

爺爺雙手環抱在胸前，直視楓的眼睛。「好了，現在關於這起案件的所有資料應該都已經齊全。那麼讓我們來重新分析，到底那一晚發生了什麼事？楓妳會編出怎樣的故事呢？」

終於來了。楓嚥了一口口水，然後開始「編故事」。

「故事一，H是凶手。」楓說道：「他因為涉入不知何種糾紛，在男廁裡殺害了刺青男。上鎖後，利用牆上的毛巾架和內鎖作為踏腳的地方，從廁所門上方逃走。接著他回到座位上，若無其事地點燃一根菸。他對案件保持緘默這項事實，支持了這個故事得以成立。」

爺爺一邊撫著他優美線條下巴上的鬍碴，一邊明確指出了一處矛盾。

「如果H是凶手，那麼當四季問他『洗手間空著嗎？』的時候，為什麼他會回答『是空的』呢？既然把門從裡面上鎖，他當然是希望盡可能延遲屍體被發現的時間。尤其他又是最後一個去洗手間的人，最有可能被懷疑。從人類心理上來看，這一點實在是說不通。」

確實如此。如果H是凶手，他這樣的言行就像巴不得要炫耀自己的罪行。而且現在又知道他個性溫柔，要把他當作凶手讓人有點難過。

楓在心中某處鬆了一口氣，但仍然帶著困惑轉向下一個故事。

「故事二，H不是凶手。殺了那個男人的另有其人，從裡面上鎖，然後從廁所門上方逃走。」

楓說完後，立刻又自己否定了這個故事。「但這也不可能。這個比故事一存在更大的矛盾。」

爺爺露出一個帶有多種含意的微笑。他在想什麼呢？

「不信你看，九點半之後，沒有人去過洗手間。如果H在十點去洗手間回來後，說男廁是空的這句話是真的話……」

在說出下一句話時，楓需要一些勇氣。

「在短短幾分鐘內，受害者突然出現在洗手間，同時凶手也消失了。這就變成了一個廣義上的密室殺人。」

「一點也沒錯。」爺爺凝視著書房裡古老書架投下的陰影。「嗯，我看到了畫面，凶手就是老闆娘。就在現在，她正在我面前整理自己的行囊。」

「什麼？」整理行囊——這意味著她打算逃跑嗎？

「按照楓的故事，答案是第二個。換句話說，這無疑是一個廣義上的密室事件。」爺爺斷言道。「那天晚上到底發生了什麼？讓我們詳細回顧一下吧。」

爺爺再次皺起眉頭。

「九點半之前，客人們去了好幾次洗手間。這時，運動比賽的賽況變得緊張，大家都不再去洗手間，所有人的目光都盯在電視上的球賽直播。接著，在九點五十分左右，日本隊的凌厲攻勢讓所有客人都站了起來，店內更加喧囂。這時克萊德無恥地出現要錢，隔著吧檯，老闆娘是唯一注意到他站在店門口的人，究竟是他用手示意叫她去洗手間，還是老闆娘用眼神示意他去洗手間，這一點還不得而知。

最擔心他會在店內鬧事的無疑是老闆娘，所以後者的可能性更高。但約在廚房見面非常危險，畢竟那裡有許多危險的東西，比如生魚片刀和殺魚刀。對方是典型的家暴男，老闆娘會選擇在洗手間碰面是可想而知的。

當日本隊的進攻讓客人們全神貫注於電視時，老闆娘悄悄從吧檯後面走向洗手間。克萊德沿著牆壁走到右開的門邊，打開門悄悄進入洗手間。店內客人們全都站起來專注看著比賽，沒有人注意到這兩個人的行動。

然後老闆娘在男廁裡與克萊德展開了對話——但在那裡，他們發生了爭執。老闆娘鼓起勇氣，堅定拒絕了克萊德的無理要求。這是她第一次明確地拒絕他。她的態度卻激怒了克萊德，想要對她動粗。我敢肯定，他一定是想要掐住她的脖子。」

「掐住脖子？所以這是正當防衛嗎？」

「是的，這案子顯然是屬於正當防衛，我稍後會解釋我如此判斷的原因。」爺爺繼續說著，臉上帶著苦澀的表情。

「接著克萊德試圖用腰上掛的蝴蝶刀刺傷老闆娘。彼此拉扯中，老闆娘無意間反而刺傷了克萊德。」

楓的腦海中浮現一幕顏色對比鮮明、卻令人毛骨悚然的影像。鮮紅的血液，滲進純白裡的紅色。這幕影像無可避免地讓人想起過去的「那件事」。

「『怎麼辦？我本來並沒有要刺傷他的』──老闆娘想來有慌忙企圖施救吧。然而克萊德已經死了。她在洗手間裡拚命思考該如何處理，她是個品性良好且認真生活的人。她首先想到的應該是自首。但是，這時她又想到了這家店的未來。即使被判定為正當防衛，也無法避免風評傷害。

這是一家靠著老闆娘到處借錢，獨力支撐，才勉強開店的餐廳，但若被人知道店主是『日本的邦妮』，餐廳很快就會倒閉。更何況，誰會想光顧一家有死過人的餐廳呢？她無論如何都想避免案件立即曝光，絕對不能讓克萊德的屍體被發現。

在驚慌狀態之下，她想到的是，即使只是暫時──至少等到足球比賽結束並送走客人，也能讓屍體暫時遠離眾目。會考慮到這一點也算是情有可原。因此她悄悄打開了男廁的門，正打算探出頭來看看周圍的情況，這時是晚上十點，常客H來上洗手間了。

於是她立刻又鎖上了男廁的門，向外面的H喊道，『對不起，H先生。因為有人在女廁裡，所以我用了男廁。我馬上就出去。』在H離開後，她將克萊德的錢包等私人物品放入圍裙口袋，鎖上門，用牆上的紙巾盒和內鎖作為腳踏，從男廁上方逃脫。」

「咦？」楓歪了歪頭。「所以她是從廁所門上面的縫隙鑽出來的嗎？嗯……不知道老闆娘能不能做到那樣的高難度動作呢。」

爺爺微笑著用食指抵著自己的太陽穴。「聽好了，不要忘記了她在犯罪時期的拿手好戲。她雖然身材嬌小，但運動神經非常出色，擅長從高處的窗子進入屋內。而且在店裡，她總是穿著寬鬆的牛仔褲。從洗手間逃脫對她來說簡直輕而易舉。人們一聽到是高級居酒屋的老闆娘，不自覺就會聯想到和服或日式圍裙。但並沒有因為是高級居酒屋，就一定要穿和服的規定。」

——說得沒錯。事實上，正因為老闆娘穿著隨意，讓這家店看起來平易近人，楓才會邀請岩田來這裡。同樣的，這也適用於四季等年輕的劇團成員們。正因為是家氣氛輕鬆的餐廳，所以他們才能輕鬆地走進去。

「話說，從廁所門上方成功逃脫的老闆娘，突然想到，如果禁止使用洗手間，就可以確保至少到打烊為止，屍體都不會被發現。」

「有道理，這就說得通。」

「與此同時，H轉身回到他的座位。事實上，這時女廁的門雖然關著，卻沒有鎖上，然而H並沒有去確認。因為老闆娘說她馬上就出來，所以他根本沒有想到要使用女廁。」

「但是，爺爺……」

「是啊，我能理解楓妳的疑問。」爺爺點頭，臉上寫著「這是個好問題」。

「老闆娘使用男廁的確可能讓人覺得不尋常。但實際上在高速公路休息區等地方，這種情況是很常見的。對於女性出於無奈下的行為，成年男子如果選擇抱怨，那就太不懂事了。尤其是在居酒屋，有些店家甚至會貼出『員工可能會使用，敬請諒解』這樣的告示，這並不罕見。」

的確不得不承認這一點。尤其是那家店的廚房裡沒有洗手間，老闆娘理所當然會使用和客人相同的洗手間。

「話說，回到座位的H想說，抽完一根菸再去上洗手間吧。我們癮君子經常會這麼想。這種習慣，最終卻造成了此案撲朔迷離的最大原因。」

爺爺又凝視著房間的一角。「如果H不是名癮君子，他應該會打開從洗手間前的走廊通往店內的門，站在那裡等老闆娘出來。那麼即使店內再吵鬧，如果他真的站在那裡等，肯定會引起一號桌客人們的注意。」

「對啊。而且在警方問話時，應該會作證說：洗手間應該有人吧，我看到有人在洗手間前面等。」

「但是，正因為H是名癮君子，所以他才會特意回到座位上。現在我要妳再回想一遍，當F，也就是四季問他『洗手間空著嗎？』時，H那奇怪的回答。『啊，請便，是空的』。你不會覺得這句話有點奇怪嗎？會不會覺得前面那句話有點多餘？只要說是空的，不就好了嗎？對著劇團裡熟悉的夥伴說『請便』……不覺得這有點太客氣嗎？」

沒錯。四季說過，他們是「同年齡的夥伴」。

「事實上在那一刻，H看到四季的身後，老闆娘正從洗手間出來。正因為如此，他才會說出那句怪怪的話——『啊，請便』（啊，我正好也想再去一趟，但我剛點燃了香菸，老闆娘已經出來了，所以你先請便），他心裡的整句話是這樣的，所以才會脫口而出請便。」

接著，楓提出了進一步的疑問。

「為什麼客人們都一口咬定『九點半之後沒有人去過洗手間』、『沒有人去上廁所』呢？」

爺爺斬釘截鐵地說：「那是因為從洗手間出來的人不是客人，而是老闆娘。而且她手上拿著洗手間用品。」

楓恍然大悟。啊，這是……這不就是所謂「看不見的人」嗎？

「比方說，如果老闆娘抱著滿是紙巾的垃圾桶，妳會怎麼想？看起來並不像是去解決生理需求，只會覺得她是去整理或更換用品了吧。」

果然……！

「沒錯，就在那時候，老闆娘變成了G・K・卻斯特頓所說的〈看不見的人〉（*The Invisible Man*）。啊還有，這點應該不用多說了——垃圾桶裡裝的是沾滿飛濺血跡的圍裙和克萊德的物品。」

庭院裡傳來了鈴蟲的蟲鳴。看來關於案發經過的解釋基本上已經結束了。

但楓還是故意質疑。「但我覺得這都是基於一連串的想像。比如說，是不是也不能排除老闆娘和H共謀犯罪的可能性呢？」

「不可能。那為什麼H會讓四季去洗手間呢？如果他們共謀的話，他們可以找個理由立刻打烊就好了。」

「那老闆娘計畫性單獨犯罪的可能性呢？」

「更難以想像。在客滿的店裡，要冒這樣的風險去殺人，根本沒有必要。」

「對喔，也對啦。沒錯，確實是爺爺所說的那樣。」

但是……這句話該不該說呢？

「故事聽起來就像爺爺你親眼看到似的。」

「是啊。」爺爺瞇起眼睛凝視著房間一角，輕描淡寫地說道：「老闆娘現在正在那裡與克萊德激烈爭吵，或者老闆娘正隔著廁所門與H交談，然後老闆娘無奈地刺傷了克萊德。這一切我都看得見，沒有比這更確定的證據了。嚴格來說，這不像是親眼看到的故事，而是我看到的故事。」

楓驚訝得捂住了嘴巴。這是……這可是前所未有的推理方法啊。在了解老闆娘溫暖人格和過去克萊德惡劣行徑等等角色性格的基礎上，迅速徹底地推敲所有獲得的資訊。然後將得出的必然真相，以幻視的明確形式呈現在眼前。

鈴蟲再次發出鈴鈴蟲鳴。

「好了，讓我們開始研究『菜單之謎』吧。」

「這個謎題真的解得開嗎？為什麼老闆娘會撕掉正在寫的菜單？」

「當然了，就像我一開始說的，這個謎題正是揭開真相的關鍵。」

「撕掉菜單有合理的解釋嗎？」

「當然有，而且這個難解的行為，正明確指出老闆娘的犯行及其行為屬於正當防衛。那麼讓我反過來問妳吧，試著想像妳變成了匆匆返回廚房的老闆娘，如果妳想將男廁設為禁止使用，會採取什麼行動呢？」

「嗯……」楓稍微思考了一下之後回答道：「我想我會趕緊寫一張『因故障禁止使用』的告示。」

爺爺用手比了個開槍姿勢。「答對了。」

「啊？但實際上老闆娘寫的是加了香料的菜單品項……」

說到這裡，楓用右手摀住了嘴巴。

故障（こしょう）。

胡椒（コショウ）。

難道說……不會吧。

「看來妳已經發現了。」爺爺把修長的食指豎在臉前。「老闆娘當時已經把男廁的門鎖上，所以她應該沒有想到屍體會立刻被發現。而且，正如妳所說，她當時慌張地想寫一張『因故障禁止使用』的告示。然而受到脖子被掐的疼痛和焦慮心情的影響，一時忘了『故障』這個漢字要怎麼寫。於是她只好用平假名寫下了『こしょう』。更重要的一點是——她這時並未撐著下巴。她那是下意識撫摸著疼痛的脖子，而這個不自覺的動作，正是表明她的犯罪行為是正當防衛的證據。」

「原來是這樣，而這時剛好四季出現了。」

「是的。對老闆娘來說，這是一個很大的意外。四季看到從洗手間門下流出的血，意識到屍體的存在，然後跑進了廚房。」

「然後四季看到了寫著『こしょう』字樣的告示。」

「因為是瞬間發生的事，所以產生誤解也是在所難免。四季看到那四個字，就以為是像柚子胡椒雞這類強調香料的菜色。但作為老闆娘，當然不能讓人在這個當下看到洗手間的注意事項，因為這樣馬上就會暴露自己涉案。因此她本能地撕掉了告示。其實只要正常思考一下就能明白，店內當時客滿，哪有時間去重新設計菜單，更別說有空悠哉地撐著下巴了。」

「故障」和「胡椒」，確實兩者都是居酒屋中常見的代表性文字。

「當四季發現屍體並告訴老闆娘時，她顯得茫然失措，報警時聲音都在顫抖，也難怪，因為在她貼告示之前屍體竟然就被發現了。」

「但是爺爺，我還有一個疑問。」

「什麼疑問？」

「圍裙和那個男人的隨身物品去哪兒了？警方應該已經把全店都搜過了。」

爺爺露出一個看似邪惡的微笑。

「我希望楓能注意到這樣的事情。即使是警察，也有一個不會搜到的地方。肯定是藏在用了老闆娘引以為傲的醬汁的燉牛雜大鍋裡啊。」

「啊……」

「老闆娘一定猶豫過。她本來想把事件當作沒發生過，來保護這家店，但如果把圍裙和錢包藏在燉牛雜裡，就會毀了她引以為傲的湯底。這樣的行為最終也可能導致餐廳關門大吉。」

楓試著想像了一番。在這情況下，如果換作自己會採取什麼行動呢？但無法得出結論。

「我多給妳一點提示吧。被警察帶走的H，為什麼保持緘默，就是這一點。」

爺爺有如在尋找幻視的碎片一般，微微瞇起了眼睛。

「最讓人信服的理由是，他在保護老闆娘。也就是說，當警察到場時，他已經察覺到凶手是老闆娘了，除此以外沒有其他可能。H是一個深具正義感且善良的男人。或許他也從老闆娘那裡聽過了關於克萊德的惡形惡狀。」

「但是爺爺，我感覺這對他們兩個來說，似乎是一個悲傷的結局呢。」

「為什麼呢？」

「因為剛才你說老闆娘正在整理她的行囊。她是不是要趁著H保持緘默的期間獨自逃跑呢？」

「那妳就錯了。」爺爺的眼睛瞇得更細了。「她整理行囊不是為了逃跑。瞧，她人現在就在我面前，正在打電話給警察。她選擇自首，是為了保護她的H。」

（那個「畫面」難道不是出於過度樂觀的想法嗎？）

想歸想，但是當爺爺說得如此斬釘截鐵，也不由得讓人覺得那應該就是真相。

就在這時，這次是好幾隻鈴蟲同時鈴鈴地鳴叫起來。與此同時，爺爺原本瞇得像是要睡著的眼睛，突然瞪得大大的。

「原來如此。啊，這真是我疏忽了。」爺爺望著窗外苦笑道。

「我差點忽略了一項重要事實。在鈴蟲當中，只有雄性的鈴蟲才會鳴叫。啊，這應該歸功於那位讓我注意到鈴蟲的傻爸吧。看來我犯了一個很大的錯誤。」

——咦？鈴蟲？錯誤？

爺爺斜眼看著一臉困惑的楓，他滿臉笑意，繼續摸著他的鬍碴。

「一旦在意起鬍碴，就會一直想摸呢。」

對楓來說，這句話真是毫無頭緒。

「本來可以請護理員或香苗幫我剃乾淨的，讓楓妳來做，一定剃得亂七八糟。所以呢，我想請妳幫我做另一件事。」

難道……想必他就要說出那句話了。正如楓的直覺所料，爺爺說道：「楓，能給我一根菸嗎？」

爺爺朝空中呼出了一圈紫色的煙霧，然後再次深深坐入椅子中。到底是閉上了眼睛呢，或者只是瞇起眼睛呢。最後，爺爺凝視著紫色的煙霧，開口說道。「楓，抱歉。剛才講的那個故事並不是最佳解答。因為其中存在非常大的矛盾。」

「啊？」

「我絕對不是在捉弄妳。在尋找可能性的過程中，『畫面』總是在不斷變化。令人遺憾的是，還是在煙霧中浮現的『畫面』比較沒有失誤。」

爺爺再次凝視著紫煙，然後悠悠地說道：「凶手不是老闆娘，而是H。」

一片冰冷的寂靜。不知何時起，院子裡的鈴蟲已經完全停止了鳴叫。

「無論有多少鈴蟲，只有雄鈴蟲才會鳴叫。所以不管我們家院子裡的鈴蟲叫多少次，若要準確計算雌雄比例，最後還是只能靠目測來計算數量。但那天酒館的男女比例已經很明確了不是嗎？」

（男女比例？）

「那和案情有關嗎？」

「聽好了。我希望妳再回想一下那天的客人。客人分坐桌子和吧檯，從A到M共十三人。其中，只有一號桌坐的兩位是女客。換句話說，現場有十一位男性客人，而球賽結束後，他們可能會一擁而上，湧向男廁。」

「嗯。」

「這樣一來，剛才的故事便出現了一個極大的矛盾。那就是……」爺爺額頭上垂下的頭髮，遮住了他閃閃發光的眼神。「既然存在著可能有大量男性客人湧入的風險，為什麼老闆娘還會選擇男廁，作為與克萊德交涉的地點呢？」

「我懂了！」楓終於明白了爺爺想表達的意思。

「站在老闆娘的角度來想，我覺得很容易明白。廚房裡有很多刀具，所以絕對不行，如果她打算很快結束談話讓克萊德回去，那麼地點應該是在洗手間前面的走廊，或者最差的情況下，會選擇在女廁。男廁是最不應該會選擇的地點。」

「一點也沒錯。那麼，在那空白的三分鐘裡到底發生了什麼事呢？讓我們再來研究一次。首先在九點五十分左右，克萊德出現在店門口。老闆娘對他使了個眼色，示意他去洗手間——到這裡為止，和剛才的推理是一樣的。但是他們的談話地點不是在洗手間裡，而是在洗手間前的走廊。不久，兩人開始激烈扭打，克萊德掐住老闆娘的脖子，然後拿起刀想要刺傷老闆娘。就在這個時候，H出現了。H試圖從克萊德手中奪走刀來救老闆娘，卻一時失手，將刀插進了克萊德的背部。」

「嗯，很讓人信服。我認為老闆娘是絕對無法對付暴怒的克萊德的。」

爺爺搖搖食指說，不只這樣喔。

「如果凶手是老闆娘，那麼在扭打中刺傷的部位應該是對方的腹部。但刺中背部這個事實，其實暗示了這是現場的另一個人——H的犯行，這一點非常明確。」

這麼說來有道理吔！

「事實上，那時候克萊德還有一口氣。通常腹部和背部都是致命傷，很少有人能生還。但在這個時候，老闆娘和H都沒有想到他會死。老闆娘一邊呻吟，一邊拉著罵聲不絕的克萊德，先把他帶到了女廁。這比帶到男廁的風險要低得多。

『H先生，對不起。我會想辦法的，讓我來照顧他吧！萬一情形不對，就叫救護車！』老闆娘的聲音還在背後，H已茫然地回到了座位。在這同時，老闆娘問克萊德說『沒事吧？』、『要叫救護車嗎？』

此時，克萊德再次顯露了他的狂暴，竟企圖要殺死老闆娘。刀仍然插在背上，就如同一個栓子，身體表面尚未大量出血。慌張的老闆娘逃到了走廊盡頭，為了閃躲瘋狂朝她撲來的克萊德，一把將他推進一間門剛好開著的男廁。這股力道使得克萊德背上的刀猛烈撞上了水箱，也完全切斷了他的動脈。但是將這種突發性的自衛行為定調為犯罪太過分了。畢竟這只是不可抗力的產物，只不過稍微加快了克萊德的死期。」

「原來如此……然後老闆娘從男廁的內側上鎖，再從門的上方逃出去。接著，她把克萊德的隨身物品和圍裙放進垃圾桶，然後準備回到大廳……」

「這一串在極短時間內發生的行為，與其說是為了餐廳的將來，不如說是為了避免牽連H。與此同時，回到了座位的H甚至忘了去上廁所，只是點燃香菸試圖讓自己稍微鎮定下來。

然後在四季問他『洗手間空著嗎？』的時候，他在四季背後看到老闆娘走了出來。因此H認為男廁應該是空著的，他也只好回答道『啊，請便，是空的』。但實際上，由於各種意想不到的意外，一具血淋淋的屍體突然出現在男廁裡。當然，H一定是這樣誤解的——老闆娘隨後殺了他。所以H現在仍然在保護老闆娘，繼續保持沉默，他甚至都不知道他自己才是凶手。」

爺爺露出了難以形容的複雜表情。在紫色的煙霧中，他是否在尋找酒吧裡那個熟悉而溫柔的H的面容呢？

「我可以看到，在偵訊室桌子下緊握拳頭，沉默不語的H。除非老闆娘出現，他內心發誓自己什麼都不會說。而且，無論老闆娘要說什麼，他都做好了完全配合的準備。只是若老闆娘說出真相，H應該會毫不猶豫地『自白』說是自己殺害了他。那麼——嗯，我都看到了。」

爺爺皺著眉頭，用力凝視著紫煙中的景象。難道……不，這肯定是非常接近的未來景象。有時紫煙的螢幕甚至會顯示出，即將到來的未來影像。

「老闆娘幾乎哭到崩潰，她肯定是這樣說的，『刀確實是他插的，但他絕對不是故意的，他是為了救我，他救了我一命！』聽到這段話的H，說出了那句口頭禪，『別管我』。這時H第一次確信，自己對老闆娘的真實感情。原本以為只是對母性的憧憬，實際上是將老闆娘當作異性在喜歡著她、愛著她。」

即使是很不會談戀愛的楓，對此似乎也能夠理解。對H來說，保持緘默可能是一段寶貴的時光，讓他可以自問自答地思考對老闆娘的感情。

楓繼續思考，警方會如何判斷H的犯行？會認為那是某種緊急自衛行為嗎？老闆娘的行為會如何被解讀？但是對楓來說，她寧願相信兩人的善良會照亮新的道路和未來。

過了一會兒，菸灰缸中的香菸熄滅了。爺爺凝視著咖啡杯裡面，這次換成昏昏欲睡的聲音喃喃說道。

「楓，能幫我拿一雙筷子嗎？這家的牛雜燉得真是絕頂美味。」

楓在心裡默默地說。

（對不起，爺爺，沒能經常帶你出去走走。）

還有……如果那家店再次開張的話，她決心一定要帶爺爺去。

第三章／泳池裡「憑空消失的人」

1

是因為都市更新的關係嗎？在如今乾淨得一塵不染的下北澤車站前，楓無法立刻感受到爺爺所說的，這個街區「因為雜亂而美好」的獨特魅力。

即便如此，看到年輕人們圍繞著那兩位保持金剛力士姿態一動不動的街頭表演者，沒有冷嘲熱諷，而是認真地看著，楓還是覺得，這裡確實是「下北澤」。

在一家曾經是老電影院的健身房附近，那座小劇場就在那裡。立式看板上用粗大的油性筆寫著一串奇怪的文字。

〈劇團「藍色角落」每三個月一次的歡樂公演《作者是你 VOL．3》〉

嗯，「作者是你」到底是什麼意思？但是，既然已經到第三集了，表示至少這是一個有一定吸引力的常規活動。

沿著飄散著隔壁炸雞專賣店油膩香氣的樓梯往上走，一名留著紅色短髮的接待人員露出酒窩，笑著迎接楓：「歡迎光臨。」

似乎是為了配合髮色，她那鮮紅的唇膏令人印象深刻。楓想著，（也許她是幕後工作人員，但無論如何，她也是劇場世界的居民。）女孩說著「請用」，同時遞上一張紙和一支鉛筆。（這是問卷調查表嗎？好吧……讓我把整張紙都填滿吧。）

正當楓想大展身手時，卻得到了一句意想不到的話。

「這是『劇本用紙』，在開演前十五分鐘，我們會收回，請在那之前填寫好喔。」楓低頭看著紙上寫著〈請隨意填寫您想讓演員扮演的角色設定〉，最後還用〈～的人生風景〉來結尾。

原來如此，這是一部「即興劇」。

打開門，約可容納三十人的小劇場已近乎滿座。楓仔細看著昏暗的室內，試圖找到空位。這時先到的岩田說：「我已經幫妳留了旁邊的座位。」

楓說聲謝謝坐下後，發現岩田已經在振筆直書了。他還得意洋洋地轉著鉛筆說：「這種方式我也是第一次碰到。」

「楓老師，妳看起來似乎不太擅長這類事情呢。」

「你是說劇本用紙的事嗎？」

「對啊對啊，我試過後發現，其實這完全就是大喜利❶的題目。記得嗎？我可是非常喜歡喜劇的。」
「我是第一次聽說。」
「是嗎？但是對於像楓老師這樣認真的人來說，可能會有點困難。」
（或許確實如此。）
楓手拿著鉛筆，突然陷入沉思。
不久之後，包括楓在內所有觀眾的「劇本用紙」都被收回，過了大約五分鐘，劇場裡響起了猶如拳擊比賽時的旁白。
「讓大家久等了。劇團『藍色角落』的團長即將登場。」
隨著舞曲風的音樂響起，纖瘦的四季穿著合身的西裝出現在舞台上。
「哇……他升任團長了呢。」岩田低聲嘀咕道。
觀眾，尤其是年輕女性觀眾，報以熱烈掌聲。他到底知不知道自己很受歡迎啊？四季等待掌聲平息後，用一種更高檔的聲音說：「謝謝大家！今天我們收到了很多精彩的劇本。」隨即一鞠躬。
楓的心跳加速了，那個低沉卻能傳遍整個劇場的聲音。似乎曾在遙遠的過去，聽過這個聲音。

「那麼……按照慣例，我以自己的標準挑選了五個劇本。接下來，我們劇團的全體成員將全力以赴表演這些即興劇目。完全沒有彩排，絕對不是事先安排好的！『作者是你 VOL・3』即將開演。」

接著四季問「準備好了嗎？」的時候，除了楓以外的所有觀眾齊聲喊道：「Show must go on！」這大概是劇團「藍色角落」的慣例吧。

正當楓感受到有些無法融入的同時，舞台變暗了。

觀眾成為作者和參與者的奇妙緊張感和期待感，籠罩了漆黑的小劇場。開演鈴聲響起的同時，舞台變亮了。接下來的九十分鐘，演員和觀眾共同創造的舞台，滿滿的現場感，創造了一段極為幸福的時光。

「以每小時一百五十公里的速度向投手投回新球的資深裁判」的人生風景；或

---

❶大喜利：對應某個情境、單字、圖片，用簡單一句話來搞笑的形式。類似各種創意幽默的迷因。

者是，「自衛隊員們時空穿越的目的地不是戰國時代，而是貴族們吟著和歌、踢著彩球的平安時代」的人生風景；「在名人賽的休息室裡，握緊拳頭喊說『我要為你而戰勝！』的名人賽挑戰者將棋棋士」的人生風景，變成了讓人手心冒汗，前所未見的愛情故事；還有，「在賭馬中散盡家財後，登上捕鮪魚遠洋漁船的二十代女性」的人生風景。

這時楓在心中歡呼（吔，被選中了！）。每次旁白公布劇本時，一開始都會引起一陣可以想見的笑聲。然而，以劇本為基礎的表演卻是非常嚴肅的，這讓楓這個外行人感覺十分新奇。

最後的壓軸是由全體劇團成員演出超過三十分鐘，馬戲團一對老夫妻擔任雙主演的一部大敘事詩——「演出前夕，空中飛人夫妻吵架到互相殺戮」的人生風景。

2

慶功宴辦在離小劇場步行七分鐘的雞肉火鍋店。在這條牡蠣料理專賣店、二手衣店、飛鏢小酒館等等，毫無一致性的商店林立的街道上，岩田懊惱抱怨著。

「那傢伙把我的劇本打回票了。」

「啊，是嗎……那你寫了什麼呢？」

「前棒球隊的小學老師。」

（不就是你。）

（真以為這樣能被選上嗎？）

（現在能說出這番話的你，讓我好生羨慕啊。）

腦中頓時浮現出這幾句吐槽的話，但最後只用「真遺憾呢」一句話作結。

到了雞肉火鍋店，坐在榻榻米座位上，一邊品嚐雞肉火鍋一邊開始喝酒。這家店的食物和無限暢飲的性價比非常之優。楓曾聽爺爺說過：「劇場人比起演戲本身，更像是為了演出後的慶功宴而在演戲。」

看著周圍異常喧囂的氛圍，楓再次體會到這話的確是真理。「藍色角落」是一個連工作人員加在一起不到十人的小劇團，但他們活力充沛，就算是把楓班上三十二名學童聯合起來，也絕對不是對手。

在之前的高級居酒屋「春乃」事件中，聽說老闆娘向警方自首，證實了H的犯行，但由於判定沒有犯意，事情也因此平息了下來。他的同伴們能毫無顧忌地歡樂暢飲，或許也是因為這個原因。

從結果上看，爺爺那帶著私心所願的推理是完全命中了。不過把這件事當作下酒菜，恐怕還是有欠思慮。

在一張長方形的大桌上，伴隨著「Show must go on！」的口號，不斷一輪又一輪地乾杯。楓受四季的邀請參加慶功宴，但實在無法融入那種高昂，感到有些許不自在。

反觀岩田，儘管只看過這個劇團的幾次演出，卻能自然融入對話，猶如資深劇團成員一般。這種容易和人打成一片的個性，或許正是孩子們喜歡他的原因之一。

大概過了一個小時吧。將長髮綁在腦後的四季穿著T恤，一邊道歉沒辦法陪大家喝酒，一邊拿著三杯生啤酒走到楓和岩田之間。

「這家店的無限暢飲好處是不需要換杯子，請盡情享用吧。」

「唉，我不能再喝生啤酒了。」岩田一臉苦瓜臉。「再喝下去，鮪魚肚都要出來了。不過真是羨慕你呀。為什麼你那麼討厭運動，卻能保持這樣的身材？」真的，楓內心也點頭贊同。

初見面時，四季給人有如女孩般纖細的印象，但仔細一看，體態很精實。即使透過T恤，都可以看到他的六塊腹肌。四季一邊說「鍛鍊身體和運動是兩回事」，一邊將啤酒杯推向了楓。

「該怎麼說呢……我不喜歡運動，可能和我無法看翻譯太老派的本格推理小說有關。」

嗯，他又要針對我了嗎？

「請問，你說這話是什麼意思？」

「不是有一句著名的川柳『名偵探集合，「話說」此起彼落』嗎？我之前也說過，老派的外國推理小說，總是太著重『模式』。比如說，名偵探在指出真正的犯人之後，總是會得意地『用一隻手順順嘴邊的鬍鬚』。為什麼不照鏡子再弄？萬一左右不對稱不是會讓人很不舒服嗎？如果嘴上的鬍鬚有一邊是歪的，這樣說出再厲害的名推理，也完全沒有說服力吧。如果我是真凶，肯定會笑出來的。」好吧，讓你一百步吧。不，這裡要讓步一千步，畢竟剛剛才全力演出結束。

「我不懂你在說什麼，但這跟討厭運動有什麼關係呢？」

「我也不喜歡那些運動評論或賽後表演，也太固定模式，聽了覺得煩。有太多可以吐槽的地方了。」

不知不覺，岩田已經再次趴在桌上。飲料無限暢飲的方案，並不適合他。

「例如，職棒賽贏隊台上致辭。」四季無視岩田繼續說道：「『轉播台，轉播台，現在要進行賽後的選手採訪』——好的，剪掉。以前連線狀態不佳的年代也就算了，但現在為什麼還要重複說『轉播台』這個詞？說一次就夠了，而且『轉播台』這個詞現在根本已經沒人用了吧，但還是會有播報員毫無自省地繼續說下去。『今天的MVP當然是打出再見全壘打的某某某。他擊球的瞬間，我就知道那是一支全壘打，我果然沒猜錯！』——好的，剪掉。擊球的瞬間就知道那是全壘打，這怎麼可能？只有等到球飛出去後，經過零點幾秒，加上擊球的聲音、球的角度和力度，才有可能知道是不是全壘打。但那些播報員為了套用定型句子，最後都會扯一些非常可恥的謊言。還有就是……」

四季為了潤潤喉嚨，又仰頭喝乾一杯啤酒。

喂，岩田老師，不要睡了。

「說到我最受不了的棒球實況定型句子，第一名就是……」

岩田，快醒醒。快救我！

「現在進入非常緊張的局面，二出局滿壘，計分板上是三壞球，兩好球。差一顆好球就能結束比賽了。」

不行了，已經沒人能阻止他了。

「『接下來的一球，所有跑者同時起跑！投手投出了第六球……擊中了！球飛向游擊手後方，這太有趣了！』——好的，剪掉，通通剪掉。『這太有趣了』？不，這哪裡叫有趣。不管哪個球迷，都在屏息以待的緊張場面，用『有趣』這樣的形容詞，這是有多傲慢啊？這樣的台詞，除了棒球之神或者棒球先生之外，應該誰都無法接受吧。反正最後……我想說的是……不能因為自己一廂情願的主觀想法，而誤判自己的位置……」

咦？這個奇怪的感覺是什麼？這和口若懸河又有點不一樣。這孩子……莫非他已經喝得爛醉了？

試著換個話題吧。而且這個話題，我希望能在他保持清醒時進行。

「喂，四季，話說回來，我還沒說今天的劇場感想呢。」

偷偷把啤酒杯從四季面前拿開。

「啊……請務必告訴我。」

楓稍稍挺直身子，然後說：「太棒了。」

這是真心話。

我曾聽爺爺說過：「在戲劇結束後，如果演員向你詢問感想，只能回答『太棒了』。因為演員正處於恍惚狀態，只想被稱讚。」——但這次，這是發自內心的真心話。

四季露出從未見過的毫無防備的笑容，開心說道：「謝謝妳。」

「當然，即興劇劇本本身寫得好，但我同時也被大夥接連飾演各種角色的表現給震撼到了。比如說，你記得吧，有好幾個女性角色。」

「是的。」

「四季你也飾演了兩個的女孩子角色對吧？一點都不會不自然。當時我就想，也許是因為你要演女性角色，才把頭髮留長吧。」

「不，不是那樣的。只是因為懶得剪而已。」四季試圖撩起自己的頭髮，卻沒撩到。看來他已經喝得忘了自己把頭髮綁在腦後了。

「我看到在你們劇團裡，好像只有一個女生？」楓看向坐在對面桌子的紅髮劇團成員。

「即使如此，大家還能創作出如此精彩的男女混合群像劇，太厲害了。」

這時有幾個人笑了出來。

「楓老師，很遺憾。」四季現在說話有點大舌頭。「事實上，我們劇團裡，根本沒有女性成員——給老師看看。」

於是那位紅髮劇團成員，把手放在頭上，一下就取下了鮮紅的假髮。「本劇團正在大力招募女性團員。楓小姐，您有興趣嗎？」

四季一人分飾多角，疲憊是在所難免，可能也是從擔任團長的壓力中解放的反作用力。四季癱坐在椅子上，仰頭沉睡了。這時，趴在桌上的岩田突然說道：「看來他終於沒電了。」他一邊說一邊慢慢抬起頭來。

「咦？岩田老師，」楓頗感驚訝。「你不是喝醉酒睡著了嗎？」

「真是的，妳都沒注意到嗎？後來我都只有喝烏龍茶。因為我覺得今晚他肯定會喝掛。」岩田輕手輕腳地將自己的外套披在四季身上。

他接著說：「而且就像往常一樣，他又開始講那些難懂得要命的運動評論，我實在無法對付。今晚其實已經算短的了。通常的話，在說完棒球之後，他還會從足球一路挑剔到馬拉松轉播。」

原來剛才的不是練習曲，而是駕輕就熟的曲目。

「其實呢——」岩田微笑說道，低頭溫柔地看著張大嘴巴睡著的四季。

「他討厭運動是有原因的。」岩田說。

「哦？」

「那是高中時的一場棒球比賽。我是隊長兼捕手，而四季儘管還是一年級生，但因為他球速驚人，因此被任命為先發投手。或者應該說，由於我們部長對棒球一竅不通，實際上把王牌投手的位置交給四季的人其實是我。」

「這樣啊。」

雖然我不太懂棒球的投捕搭檔之間的關係，但感覺比普通學長學弟關係的羈絆來得更強。

「對我們三年級來說，那是最後的夏天。在九局下對方打擊，兩隊同分，二出局滿壘，球數兩好三壞——是在那樣一個局面下。」

楓心想，那不就是四季剛才在挑剔的場景嗎？

「四季應該是想按照我的指示，投中間直球。但可能是因為汗水讓球滑溜，於是變成了暴投，而那球……最後直接擊中打者的臉。最後因為滿壘四壞球保送丟掉一分，輸掉了比賽。但比賽結果已經無所謂了，比起比賽結束的鈴聲，救護車的鳴笛聲至今仍在我耳邊迴響。可能是球打到的地方很不巧，那位打者的左眼從此失明了。」

楓頓時說不出話來。

「自那天以後，四季就放棄棒球，並且他開始討厭所有可能會傷害對手的運動，不論形式為何。」

原來如此。但是──（他有可能只是假裝討厭而已。）說不定他仍然非常喜歡──不只棒球，也包括運動。楓有這樣的感覺。

「楓老師，我告訴妳為什麼我覺得他今晚會喝醉好嗎？」

「好啊。」

「今天演出前，我和四季在後台聊天，一個我們認識的人來看我們。首先注意到的是四季。」

「該不會是……」

「沒錯。我不知道他是從哪裡得知的……那天被球打中的那個人，他首次來看我們的戲，四季那小子哭了。」

岩田說這話時，聲音顫抖。

「也難怪他會想喝酒，更想喝醉。楓老師，四季是個刀子嘴豆腐心的好人，是個會讓人想要保護的脆弱的人，但是……」

岩田的笑容看起來很勉強。「正如我一開始說的，他真的是個怪胎。妳絕對不能愛上他。」

3

（儘管宿醉，我還是來了。）

楓自己也滿驚訝的，這是她三年來首次參加大學同學的午餐聚會。不知為何，自己最近似乎變得比較積極和旁人往來。說不定是因為她接觸到四季這樣一個，與她有著不同本質，擁有奇特表現欲的人吧。

她走進了新宿三丁目站附近一家以手工漢堡聞名的洋食館。這家餐廳的賣點是相對便宜的午餐套餐，雖不能說是高級餐廳，但楓倒是挺高興這裡的門檻不高。上次參加時，她去的是表參道的一家小酒館，但可能因為有越來越多同學帶著嬰兒出席，所以這次的選擇自然而然就變成這樣了。

儘管如此，店內打掃得很乾淨，並且裝飾得相當別緻。距離萬聖節還有半個月，每張桌上都擺著一個小小的萬聖節南瓜。牆上的裝飾格子已開始展示各式各樣的萬聖節道具和服裝，其中一個銀色的貴族風面具，裝飾著鮮紅羽毛，尤其引人注目。那個面具讓楓想起，昨天那個劇團團員的紅色假髮。

午餐結束後，她送走了因為小孩鬧彆扭而必須提早離開的同學，安撫了一下嬰兒後回到座位，桌子對面坐著一位令她懷念的朋友。

「楓，好久不見。妳的皮膚依然那麼白皙，還是那麼漂亮。」

「算了吧，其實只是宿醉讓臉色蒼白罷了。」

雖然三年沒見，但彼此立刻就找回以前的感覺，這讓楓感到有些開心。對楓來說，美咲是學生時代經常一起吃午飯的少數幾個朋友之一。

（不過，我們最終也只是朋友而已。）

她突然想起，曾幾何時，她開始害怕交朋友。可能是從她得知那件與母親有關的事情之後吧。不僅是戀愛，和人見面，真心與人成為好友，都讓她感到恐懼。那是一生都無法癒合的傷痕——

「對了，我有件事情要跟妳說。」美咲說。

「我現在在妳爺爺以前擔任校長的那所小學任職呢。」

「哦，真的嗎？」

「那麼帥氣的爺爺，真的不多見。他現在好嗎？」

還好啦，楓含糊其辭地回答。並不是因為她對爺爺患有失智症感到羞恥，而是認為這並不適合在久違的午餐會上深談的話題。不過聽到美咲在爺爺曾任教的同一所學校裡擔任教職，她感到非常驚訝。

因為她們都是讀教育學院的，所以大部分同學畢業後都當上了教師，成為小學教師的人也不少。儘管如此，這樣的緣分還是滿特別的。

「對了，妳爺爺被大家稱為『擦窗戶老師』對吧？儘管他已經退休超過十五年了，在家長會上，他仍然是一個傳奇人物，為大家津津樂道。」

（哇～）這真的讓人感到驕傲。

「不過，接下來才是真正的重點。」美咲看了一眼餐廳的窗戶，那裡裝飾著黑色厚紙做成的鬼魂、巫婆和黑貓。

「現任的校長也非常傑出而且優秀。校長不知從誰那裡聽說了妳爺爺的事蹟，於是開始熱心擦起校園裡所有的窗戶——現在學校附近的人，都稱之為『第二代擦窗老師』呢。」

聽到這裡，楓心想，看來「擦窗」的效果確實不是假的。爺爺開始「擦窗」，除了想要讓窗戶保持乾淨，以及和經過走廊的學生交談之外，其實還有一個隱藏版目的。就是對所謂「破窗理論」（Broken windows theory）的身體力行。

楓回想起爺爺說過的話。如果城市裡空屋或空車的窗戶破了沒人管，或是地鐵的塗鴉無人清除，人們就會開始認為「原來這就是正常的」、「誰也不會在乎這些」。於是就會有越來越多的窗戶被打破，塗鴉也會越來越多。周邊居民的道德水準會隨之下降，最終這些輕微的犯罪行為，將引發更嚴重的重大犯罪——這就是他的說法。

那麼，該如何預防犯罪呢？就是「擦窗」。九〇年代初期，面對犯罪率急劇上升的紐約市，紐約市長根據「破窗理論」，投入大量預算清除所有地鐵塗鴉。結果犯罪率大幅下降，紐約的治安得到了戲劇性的改善。

「我並不認為孩子們會犯罪，」爺爺笑著說：「如果窗戶乾淨，人們就會想讓地板和走廊也保持乾淨，然後會開始在意教室裡的灰塵。窗戶就如同心靈。我是真的相信，看到乾淨的窗戶，內心也會得到淨化。」

正當楓反芻著爺爺的這段話時——

「喂，楓，妳有在聽嗎？」她的思路被打斷了。

「抱歉抱歉，妳剛剛說什麼？」

「所以，這位被稱為第二代擦窗老師的人，就像第一代一樣，非常喜歡幫校園裡的花草澆水——甚至不惜將位於二樓寬敞氣派的校長辦公室，搬到一樓比較狹窄的房間，就在花壇的正對面。這麼對花草熱愛到這種程度，我完全無法理解。」

說著說著，美咲露出了她的虎牙。她很喜歡自己的虎牙，即使父母建議她去矯正，也被她堅決拒絕。

美咲，妳真的適合虎牙。有一種強勢，但其中又帶著可愛。我完全比不上。

「我想稍微換個話題。」美咲說：「楓，妳還是很喜歡推理小說嗎？」

這已經不只是「稍微」，根本是大轉彎吧。

「是啊，畢竟我也沒其他興趣了。」

「如果是這樣——我們學校最近發生了一件事，帶有一點推理的味道，說起來搞不好還相當燒腦，妳想聽嗎？」

「真的嗎？我想聽。」

「推理小說不是很多模式或是類型嗎？例如，『密室類』或是『打破不在場證明類』什麼的。」

「是啊是啊。」

「至於這件事該怎麼形容呢？就是在眾人的眼前，一個人突然就離奇地消失不見了。」

（這是憑空消失類。）

但楓實在不想被認為是專業推理迷。於是她沒有立刻回答，把到嘴邊的話硬生生吞下。不然她搞不好會忍不住小小驚呼出聲。

被稱為本格派推理小說大師的艾勒里．昆恩和狄克森．卡爾在徹夜暢談推理小說之後，得出的結論是「在推理小說中，沒有比一個人憑空消失更引人入勝的開頭了」。

「我對於推理類型不是很了解。」楓說：「如果可以的話，能讓我錄音嗎？」說著，她開始找尋手機上的語音備忘錄。

「想到在錄音，不免有點緊張呢。」美咲有點難為情地笑說：「我該從哪裡說起呢。去年春天，我們學校來了一位新的老師。她的五官秀麗，身材很好，一看就是個漂亮的女孩——對了，就像昭和年代的美女。」

昭和年代的美女。其實只要說「美女」就可以了，但強勢的美咲偏偏就喜歡在讚美人時，多說一句。

「不方便用真實姓名，就暫且稱她為偶像老師——不對，因為她長了張昭和年代的臉，還是稱她為『夢中情人老師』好了。」

「那不就跟《少爺》❷一樣，那根本就是明治時期好嗎？」

「沒關係啦，因為她當初給人的印象就是那樣啊。」

為何這句要用過去式，讓楓感到些許寒意。

「我想在任何職場都一樣，一旦出現一名超級美女，周圍就會開始躁動不是嗎？我們學校也不例外，別說是單身男老師了，連學生家長都明顯變得怪怪的……雖然只是感覺，就是給人一種似乎有事會發生的預感。」

「是嗎？」

「話說回來，楓雖然類型不同，但也是美女啊。妳們學校沒發生什麼事吧？」

「當然沒有。」楓連忙搖手說道，但腦海中卻浮現了岩田的笑容。

「真的沒有啦。」她再次強調，並催促美咲繼續說下去。

「大概是從今年春天開始吧——原本開朗的夢中情人老師，突然失去笑容。據傳聞，她私下似乎遇到了一些問題，但具體是什麼，我們並不清楚。然而到了梅雨季節，她開始經常請假，我想肯定是有什麼事情發生了。」

「嗯。」楓用力點頭。

回想自己的經歷，初入職場才第二年的新人老師，是不可能請太多次假的。

「然後就到了那一天，即將步入暑假的最後一天。」

美咲似乎害怕被周圍的人聽見，稍微壓低音量。

「那是個梅雨剛結束，晴空萬里，熱得不得了的一天。夢中情人老師帶的是四年級，班上有三十位學生，第四節課是游泳課。我到現在還記得，從隔壁班級的教

❷《少爺》：夏目漱石的半自傳小說，被認為是日本當代最受歡迎的小說之一。

室傳來小朋友們的歡笑聲。」

楓完全可以理解那種氛圍。

「大家換好衣服在游泳池集合！」看到小朋友們對這句話開心的反應，她總會忍不住嘴角上揚，這種時刻總會讓她很慶幸選擇了這份工作。

「然後她的游泳課就開始了，這裡可能需要用圖來說明會比較容易懂。」

美咲說著「等一下喔」，從配她嬌小身材反而特別好看的大托特包中，拿出了筆和記事本。接著她用量販店的集點卡充當直尺，非常熟練地完成了游泳池周圍的平面圖。

看著這一幕，不知為何讓楓想起了四季，揮灑自如演奏練習曲的模樣。這種感性也是天生的吧。

「大概是這樣吧。」

美咲將完成的配置圖俐落地撕下來放在桌上，然後把手機當作紙鎮壓在上面。

「接下來，我將按照時間順序，複述從小朋友們那裡聽到的內容。」

她再次打開記事本。什麼都能迅速完成的類型——看來她也是個筆記狂。

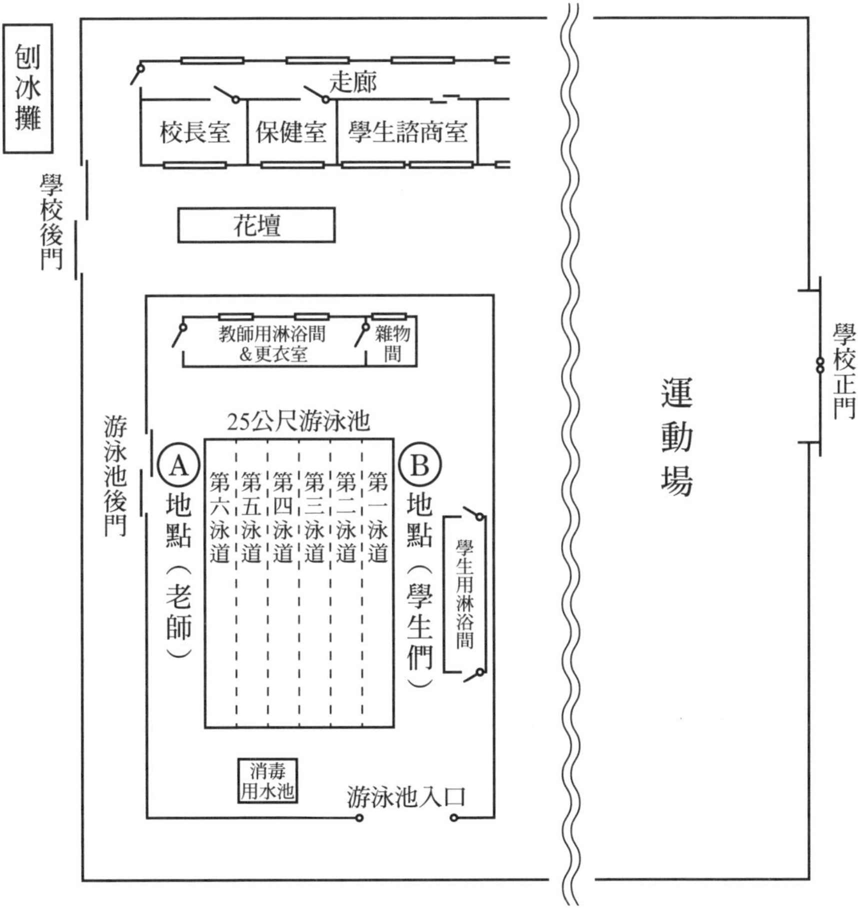
刨冰攤
走廊
校長室
保健室
學生諮商室
學校後門
花壇
教師用淋浴間
&更衣室
雜物間
25公尺游泳池
游泳池後門
Ⓐ地點（老師）
第六泳道
第五泳道
第四泳道
第三泳道
第二泳道
第一泳道
Ⓑ地點（學生們）
學生用淋浴間
消毒用水池
游泳池入口
運動場
學校正門

「游泳課開始的時間是上午十一點十五分。夢中情人老師因為以前參加過游泳隊，所以教換氣方法特別仔細。小孩到了四年級，說話就會有點戲謔，有男生說，即使戴著泳帽和泳鏡，老師還是很漂亮；也有女孩回說，我也想要有那樣的身材。」

嗯，非常能理解。就是一種「正港四年級生」的感覺。

「想想夢中情人老師身材之所以那麼好，說不定就是因為她以前是游泳隊的。到了十一點四十分——她吹了哨子，接著大聲說：讓大家久等了！最後二十分鐘是自由活動時間！」

這肯定會引發一陣歡呼的。無論現在還是過去，小朋友們都愛午餐的咖哩飯和游泳課的自由活動時間。尤其是暑假前的最後一堂游泳課，再加上這天還是最適合游泳的好天氣。

「三十個小朋友在第一到第三泳道——圖中右半邊的三個泳道中，開始玩耍起來。有的小朋友在水中玩石頭剪刀布，有的在比自由式和蝶泳的速度，據說是吵鬧得不得了。」

美咲喝了一口氣泡水，那讓楓想起夏天泳池的透明感。

「十二點整，下課鈴聲響起。小朋友們當然還在玩鬧——就在這時，在A地點的夢中情人老師吹響哨子，然後她大大揮動了幾次雙手，做了一個『上來吧』的手勢。小朋友們依依不捨地開始在B地點上岸，接下來要做的就只有淋浴後返回教室。就在那一瞬間，水聲響起，有人跳入了游泳池。小朋友們邊回頭邊想著，老師是想獨自再游一會兒吧。」

「畢竟人家以前是游泳隊的，想獨自游一下也在情理之中。」

「不只是那樣，老師還需要檢查是否有遺失的泳帽等物品，所以最後自己游一圈其實是老師的例行工作不是嗎？但小朋友們畢竟是小朋友，大家還紛紛抱怨說：老師一個人享受，不公平。」美咲說著露出了可愛的虎牙。

楓的腦海中清晰浮現出那個夏日的畫面。經由游泳鍛鍊出的美麗肢體，畫出一個「く」字形，剎那間於空中躍起。強烈的陽光在閃閃發光的水面上，投下鮮明的剪影。

據說她在私生活中遭遇了一些問題，那雙隱藏在泳鏡後面的眼睛裡，是否帶著苦惱的色彩？還是說那些煩惱已經消失，只剩下快樂的色彩？

美咲接下來出乎意料的一段話打破了楓的思緒。

「從聽到老師跳進水裡的聲音後，過了三十秒、五十秒、一分鐘，老師遲遲沒有上來。有人大喊道，『喂……老師……不會是溺水了吧？』四五個擅長游泳的男生，接二連三地跳進水裡尋找老師，然而……」

美咲停頓了一下，表情嚴肅地說道：「老師並不在泳池裡，夢中情人老師就這樣消失了。」

其他桌的人，照理說應該聽不到。然而隨著「消失了」這句話，原本因同學們的聊天聲而異常喧鬧的店內，突然籠罩在奇妙的寂靜裡。難道是貼在窗戶上的厚紙魔女，用黑魔法掃去了喧譁？

（別亂想。）

楓打破寂靜問道：「妳說的『消失了』是什麼意思？」

「沒有人真正目睹夢中情人老師，跳進泳池的那一刻。畢竟大家只是聽到了跳進游泳池的聲音對吧？那麼或許有可能——」

「我明白妳想說什麼。」美咲打斷了她的話。

「我並不討厭推理。比如說，夢中情人老師由於某種原因，想要從小朋友們的視線中消失。於是她拿一塊冰或是乾冰代替自己扔進游泳池，當小朋友們為『老師沒有從游泳池出來』而騷動不已的同時，她在更衣室換上了平常的衣服，悄悄躲起來。等到小朋友們都走光了，她偷偷地從泳池後門溜出去，再從學校的後門離開學校——可能是這樣的手法對吧？」

楓點頭同意。說到推理，首先要懷疑的就是鏡子和水，這是基本。

美咲翻著她的記事本繼續說道：「許多小朋友都堅持說，那絕對是人跳進水裡的聲音。與其說我想要相信他們，不如說我知道他們是對的。正常來說，冰塊落水的聲音和人跳下水的聲音，不太可能會弄錯吧？雖然我不敢說絕對不會。」

「嗯。」楓表示同意，並在心中咒罵，以前本格派推理小說中的廉價手法。

「我也認為幾乎不可能弄錯。」

「對吧。就算假設小朋友們，真把其他什麼聲音錯認成人跳進水裡的聲音，還是有地方說不通。」

「怎麼說？」

「妳再看一次這張圖。」美咲將平面圖向前推。

「讓我們比對時間順序，再次梳理那天發生的事情。正午鈴聲響起時，夢中情人老師在A地點吹哨子，做出該從游泳池裡出來了的手勢。學生們心不甘情不願地從泳池裡出來，朝著B地點的淋浴間走去。這時他們聽到背後明顯是人跳進水裡的聲音。等了一分鐘，卻沒有人從池裡出來。一些小朋友們慌張地一個接一個跳進游泳池，但是沒有任何人找到夢中情人老師。到這裡沒問題吧？」

「嗯。」楓點點頭。

（這已經完全是「憑空消失類」的謎題了。）

「於是，小朋友們回到教室急忙換好衣服後，立刻跑到二樓的教職員室，向其他老師報告，夢中情人老師跳進泳池後就消失了！」

楓心想，那些學生的情緒一定很高漲吧。

「其實，當時我也在教職員室。」美咲口氣有點誇張。「我立刻到一樓通知校長。因為……」

美咲又指向了平面圖。

「校長室位於一樓的這裡，花壇的花並不高，所以校長隔著窗戶可以將泳池一覽無遺。泳池的外牆是大網格的鐵絲網，幾乎就像透明玻璃一樣。於是我問校長是否看到了什麼奇怪的事情，或者是否看到有人從泳池後門或學校後門出去，結果……」

「結果怎樣？」

「校長說，那時我正好在擦校長室的窗戶，如果有人經過後門，我一定會注意到的，但我並沒有看到任何人。」

「不過，」楓說出了任何人都可能想到的疑問：「說實在的，我們都不敢肯定，校長是不是在說實話吧？」

同學會的其他成員們，開始一個接著一個離開。但現在楓已經沒有那個時間和心情，去和她們話別了。

「而且就算是一直在擦窗戶，也有可能剛好沒看到啊。」

「妳說得沒錯。但是聲稱沒有看到任何人的，並不只有校長而已。」

美咲指著平面圖說：「妳看這條後巷。其實我們學校有一個傳統，妳可能也有聽過，那就是每到夏天，每天正午鈴聲一響，就會有一個賣刨冰的流動攤販出現。而這個賣刨冰的人也說，從中午十二點到傍晚六點收攤的這段時間，沒有人從學校裡出來。」

「那麼反過來說——」楓不放棄地繼續說，儘管覺得這個可能性很小，但為了排除所有可能的選擇，她還是故意提出這個問題。

「雖然不是正攻法，但有沒有可能，她並不是從學校後門出去，而是從正門大大方方走出去的。只要能夠避開校長的視線，我認為這條動線會是一個很好的盲點。」

「這個可能性相當低……或者應該說，我認為這是不可能的。學校泳池的東側有一座運動場，那天有足球和壘球課。在數十名學生的注視下，要從正門走出去，除非變得像這瓶氣泡水一樣完全透明，否則我想這是很困難的。」

楓片刻說不出話來。「那麼，如果是……」楓指著平面圖的一角說。很明顯，能夠用來反駁的材料已經越來越少了。

「先不考慮那個跳入水中的聲音，夢中情人老師會不會是躲在這個教職員專用的更衣室裡啊？或者在那個雜物間裡面？」

「我正要說這個。」美咲回答。

「放學後教職員室立刻有一位老師說，說不定她在更衣室或者雜物間裡昏過去了，於是所有老師都心驚膽顫地跑過去看。門沒有上鎖，所以進去很簡單。但是在那裡……」

似乎又回想起當時真實的體驗，美咲並未掩飾她害怕的表情，用雙手捂住了低領上衣的胸口。

「只有小型置物櫃、泥炭纖維板，繩子和清潔用具，並沒看到任何人。夢中情人老師真的是，跳進泳池後就消失了。」

「等一下，美咲。」

楓稍微加重了語氣。

「這根本就是一樁失蹤案吧？至少有牽涉犯罪的可能性，怎麼可以只用一句

『消失了』打發呢？」

「所以啊，」美咲的聲音楓比更大。「所以我才找妳商量啊。她的確是有些漂亮過頭了，跟周遭的人也顯得有些格格不入，但她是個很單純的女孩，會認真聽前輩的話，而且我能感受到她非常尊敬校長……我其實滿喜歡她的。

記得她剛來時的夏天，我們有一次去海邊郊遊，她和學生們在玩木棍砍西瓜的遊戲，玩著玩著她突然就哭了起來。我把她拉到一邊私下問她，才知道原來她是離島出身。她說海水的氣味讓她想起了家鄉，所以忍不住就哭了出來。

結果我發現有四、五個男生在岩石後面偷聽我們說話。看到我在生氣，他們就一哄而散了。我原本以為他們會去跟其他小朋友八卦，嘲笑新來的老師，因為想念故鄉正哭得一把鼻涕一把眼淚，結果並沒有。那群小朋友們把最大的一塊西瓜拿給了夢中情人老師說，妳別哭。」

美咲那個瞬間露出又哭又笑的表情，將手帕抵住眼角。

「我真的很希望能和她共事更久。所以我想，楓妳一定能幫我找出那天發生了什麼事，代替警察來告訴我。」

（對不起，美咲。）

楓在心中道歉，神經最大條的那個人是自己。好端端的一個人就這麼不見了，而我內心的某個角落竟還在追求推理解謎的樂趣。

「所以警察沒有採取行動嗎？」

「沒有。她的家人只剩下她爸爸——但不知為何，他卻沒有報案協尋。所以最後，這件事就這麼結束了。一個人不見了，即使家人或親戚有報案協尋，也不一定能夠立案。但只有在報案協尋之後，才會被列為失蹤人口——而夢中情人老師甚至都還沒有被列為失蹤人口。」

不愧是美咲，調查得真詳細——楓默默想著。

會反覆在外面徘徊的失智症患者中，有不少人最後就失蹤了。幸好爺爺並沒有這種行為，但楓從護理員那裡得到一些相關說明，所以對失蹤這件事有一定了解。

直到最近，已受理報案列為失蹤人口的被分為兩類，一類是「一般離家出走」，這些人被認為是自願離家出走，另一類是「異常離家出走」，他們的失蹤被認為可能涉及犯罪。

但近幾年，考慮到失蹤者的家人多半不希望他們被歸類為離家出走，因此這兩類失蹤人口現在被稱為「一般失蹤者」和「異常失蹤者」。所以美咲所說的「被列為失蹤者」，其實是非常準確的。

「但是，美咲。我想問妳一個假設的問題。」楓問道。

「如果夢中情人老師真的是自願失蹤，再假設她以某種方式在沒有被任何人看到的情況下，離開了學校。」

「嗯。」

「那麼她有沒有可能從最近的車站跳上火車——」楓記得爺爺工作的那所小學，距離車站步行只需要五分鐘。

「或者，她可能坐上了停在附近的車，然後消失在街頭。也有可能她是坐上了巴士。」

「應該沒這個可能。」

美咲回答得很果斷。

「那個車站前有很多商店安裝的監視器。還有，這話我們只在這裡說，」美咲將食指放在嘴唇上。「我們學校老師中有一位是夢中情人老師的粉絲，他和商店街振興協會的會長關係很好，他懇求會長讓他檢查監視器影片。但事發當天以及隔日，影片中都沒有看到夢中情人老師的身影。要去公車站必須經過車站前，所以她也不可能搭公車。最後只剩下私家車的可能，但她沒有車，甚至連駕照都沒有。」

其他還有可能性嗎？真的沒有了嗎？楓拚命打開腦中的一個個抽屜，尋找所有可能的選項。但現在的楓已經無法找到任何東西。

「所以，結果還是……」

美咲瞇眼望著那杯已經沒氣的氣泡水，表情有些恍惚。

「她就是那樣跳進泳池，然後消失了。」

不知不覺，原本的八個同學只剩下楓和美咲兩人。

「所以呢，楓。」美咲低著頭說道，用攪拌棒攪拌著氣泡水。夢中情人老師是個談得來的後輩，可能是她的失蹤令美咲感到孤獨吧。很久沒聽美咲喊自己的名字了，高興歸高興，但楓也因此感受到了美咲的寂寞。

「如果不把這件事當成正式失蹤案處理，這事沒多久也會被人們忘記吧。」

「是啊。」

「學校匆忙找了臨時班導來替代夢中情人老師。等暑假結束開學後，大人們就恢復日常生活了。在教職員辦公室裡，甚至談起她的名字都成為禁忌。這樣滿令人心痛的。」

楓心想，我懂。對於年輕教師來說，因為精神壓力或者家庭狀況，突然就不再來學校的情形，其實並不罕見。楓的同學中，至少有三位老師，因為親人過世，內心受到太大衝擊，再也沒有心力去教育學生。

是的，拒絕上學的不是只有學生而已。教師也是人，有時也是會拒絕上學的。拿今天的午餐聚會來說，就有兩位教師同學，沒有給出任何解釋，突然就不來了，想必每個人都有自己的困境。

「對了，楓。」

在同學中明顯屬於強勢的美咲，不，或許應該說她是「讓自己看起來強勢」，慢慢地露出了她有著可愛虎牙的笑容。

「妳去看妳爺爺的時候，一定要給他看看這個。」

美咲用她的手機傳了一張照片給楓。

「這是去年員工旅行時的照片。看，多美啊。」

照片中一名年輕美麗的女子穿著黃色連衣裙，獨自站在一座佛閣前。雖然照片裡只有她一個人，可能由於臉蛋小吧，突顯了她高䠷美好的身材。

也許是陽光太刺眼，或者是面對突如其來的鏡頭有點不知所措。她帶著一抹慌忙中做出的害羞笑容，非常可愛。這時還沒看到她有任何煩惱的神色。

（她後來到底在煩惱什麼呢？）

（還有，她為什麼突然消失了呢？）

楓再次輕觸手機螢幕上的她，將她的臉部放大後，開始深思。

4

楓在上午向護理員詢問過爺爺的身體狀況後，才出發前往爺爺的家。不只是路易氏體失智症患者，不少有帕金森氏症症狀的患者在氣溫下降時，血液循環通常都會變差，影響身體狀況。所幸爺爺可能是各種藥物的平衡抓得剛好，他的身體狀況並沒有明顯惡化。

當楓走進玄關，從走廊盡頭的書房裡，傳來爺爺和一名年輕男子的對話聲。急就章之下做出來的滑門可能是裝設得不太好，房間裡的聲音清晰可聞。

「這鈴蟲的聲音錄得還不錯吧，我還以為用手機錄不出什麼好聲音呢。」

「沒問題的。我已經把它設定成我手機的待機音樂了。」

（真是可愛的爺爺。）

看來爺爺非常自豪於院子裡鈴蟲的鳴聲呢。楓心裡想著，臉上不自覺露出微笑。過沒多久，熟悉的物理治療師從書房走出來，露出雪白的牙齒笑說，今天狀況特別好。

「不過治療結束後，他又立刻回到書本的世界去了。」

物理治療師的工作是幫助訓練恢復患者因各種原因而失去的運動功能，以及進行按摩或電療等治療。一般人聽到復健治療這個名詞時，首先會想到的多半都是這個職業。

負責爺爺的治療師是名三十多歲的男性，留著短髮，體格強壯。他兩條腿上的腿後腱肌群——因為岩田說過那是「聽起來最像必殺技的身體部位」，所以楓特別記得——把運動褲的布料，撐得有如表面張力一般微微隆起。他嚴肅的面容和看似拘謹的氣質，有點神似那位在海外創下安打紀錄的棒球選手。

「我先走了。」正當他說完這句話，一縷甜香撩撥著楓的鼻子。

「是香草精，好香。」

「不對，正確來說應該是香草豆莢。」他微笑說道，濃眉微微挑了挑。

「我們店裡的霜淇淋都堅持使用香草豆莢。家父總愛唸說，如果偷工減料用香草精，老店的聲譽就會毀於一旦。」

「對不起，我錯了。」

「沒事。我本來是想送我們家的霜淇淋給楓老師，但這麼做會違反工作準則，所以下次還是請您親自來我們店裡嚐嚐。」

「我一定會去的。」

「那麼下次見。」

他的老家是開霜淇淋店的，所以爺爺總是叫他「霜淇淋店的小哥」。實際上，那家店所在的大樓就在ＪＲ總站前，而且整棟大樓都是他父母的產業，所以他們家是非常富有的。如果他願意，完全可以接手家業，過上無憂無慮的生活。但他還是選擇成為物理治療師，主要源自他曾經照顧已過世的祖母的經歷。

現在他仍然會抽空幫忙店裡，從他身上淡淡的香草香氣可以猜到，他今天也在家裡勞動過。雖然是剛好碰到時聊聊，但楓花了整整一個月的時間，才從他口中了解到這些資訊。可能他本來就是個話不多的人吧，但只要主動與他交談，他都會像今天這樣，爽朗地回答問題。

（他和我們學校的人不太一樣。）

楓也是個害羞、不太愛說話的人，所以對霜淇淋店小哥有種特別的共鳴，覺得他是照護團隊中最誠實、最善良的人。

「妳來了啊。可惜又和香苗錯過了。」

爺爺坐在書房椅子上，合起書本放在茶几上，一臉慈祥的笑容。一開始還以為他在讀小說，結果是本將棋的問題集。他以前的一個愛好是填字遊戲，但可能因為手抖得讓他很不開心，所以他最近經常解詰棋問題。

不過每當他做這些事時，身體狀況一定很好。大概是因為大腦在全力運作吧。

（雖然我一點也不懂規則，但我超愛將棋。）這個蠢念頭在腦中一閃而過。

總之先隨便聊聊。楓詳細描述了前天觀看的四季的劇團，以及慶功宴上發生的事。爺爺出乎意料而且毫不吝嗇地稱讚說，那是一齣好戲。

「它並不只依賴觀眾提供的劇本的趣味，這一點真的很傑出。因為最重要的是後面的故事有多有趣。如果故事不有趣，那一切都沒意義。花招只不過就是花招。如果看完之後的演出，楓覺得有趣的話……」

爺爺用微顫的手，做出了將棋下最後一子的姿勢。

「那齣戲就是一百分的好戲。」

一百分……爺爺竟然給了一個他從未給過的戲劇滿分。之前爺爺給過楓三題故事的題目，楓以自己的方式編出了各種故事，但他從未給過滿分。但是我為何會覺得有些高興呢？楓自己也想不明白。

（現在就別多想了。）

在尋找答案之前——向爺爺報告了與美咲的重聚和「第二代擦窗老師」的故事之後，楓問「你能聽一下這個嗎？」然後按下了語音備忘錄。

爺爺交叉著手臂聆聽著楓和美咲的對話，時而用雙手捂住口，臉部奇妙地扭曲著。那怪異的表情，看起來像是在笑，又像是被某種恐懼所困。他可能是在擔心夢中情人老師的下落，或是她的生命安危吧。

好想快點聽到爺爺的「故事」。在播放錄音檔的期間，不能插話，這令楓感到有些焦躁。雖然知道自己太急躁了，但是——

不管了！先試探看看，楓在語音備忘錄結束後，立即直截了當地問說：「爺爺，你怎麼看？」

爺爺果然還是回說：「我們先把這個問題擱置一下。」

但接著補充道：「妳能不能先讓我看看她的照片？我也想聽聽楓的故事。」

看著爺爺興致勃勃地端詳著照片，楓忽然閃過一個想法。

（這種時候四季一定會這麼說吧，為什麼古往今來的名偵探，都那麼喜歡賣關子呢？）

過了一會兒，爺爺終於開口向楓詢問：「那我先來問問，當然我們假設美咲老師說的都是事實，楓妳會根據這些素材，編出什麼樣的故事呢？」

楓緩緩地呼吸一口氣，然後謹慎開口。

「故事一，夢中情人老師，沒有從游泳池裡出來。正確來說，是沒辦法出來。」

要繼續說下去有點難過。

「老師因為突發意外溺水身亡。那麼為什麼屍體沒有被找到呢？那是排水口的問題。在全國游泳池中，每年都有排水口吸入身體或身體一部分而導致死亡的意外發生。老師沒有浮上來也是因為這樣。因為她的屍體現在仍然卡在游泳池的排水口。」

楓說完這段話，有些害怕地偷瞥一眼爺爺的臉色。好在爺爺斬釘截鐵地說，這當中有矛盾。

「雖說發生在水流式游泳池的案例較多，排水口意外至今不斷，這是事實。但那些意外的受害者，雖然可憐，大多數都是個子小的孩子。像夢中情人老師那樣的成年女性被排水口捲入的意外，幾乎是聞所未聞。總括來說，就我所知道的游泳池排水口意外中，從未發現過屍體。」

楓聽到這個故事被否定，反而鬆了一口氣。

「故事二，夢中情人老師根本沒有跳進游泳池。出於某種個人理由，老師為了逃避現實，偷偷擬定了失蹤計畫。她在私生活中遇到了一些麻煩，多次缺席學校，這項事實加強了這個故事的可信度。那為何學生們都口口聲聲說，老師跳進去後就消失了呢？」

楓停頓了一下，然後直視爺爺的眼睛。因為她對這個故事有一點自信。

「因為全班學生都在說謊。他們為了深愛的老師，團結一致參與了這個失蹤計畫。」

爺爺用右手摸了摸高挺的鼻梁，這是他思考時的習慣。好緊張啊。這個故事是否代表很接近爺爺的故事呢？

結果爺爺說：「七十分。不，應該是六十分。」

什麼啦。所以爺爺是在思考怎麼給分，不是故事的內容嗎？

「這比第一個故事好，但還是有無法忽視的矛盾點。首先，三十個孩子都能一致說謊並堅持下去，這是不可能的。人的嘴巴是管不住的，尤其是孩子的嘴巴。」

這讓我想起了某次和爺爺的談話中，哈利．凱莫曼小說裡的一段話：「即使在晴朗的天氣中，步行九英里也非易事，更何況是在雨天呢？」

「那麼，夢中情人老師到底去了哪裡呢？校長和刨冰攤老闆都說沒看到有人從學校後門出去。更衣室和雜物間都沒有藏著人，這一點已經過其他老師證實。那麼如何解釋監視器在車站前也沒有拍到她呢？楓，妳不會認為他們所有人都串通起來說謊吧。除非所有這些問題都被解決，否則故事二的劇情從根本上就站不住腳。意思也就是說……」

是因為配合日式的詰棋嗎？喜歡咖啡的爺爺，今天用日式茶杯喝了一口茶。

「這裡存在另一個故事X。」

（哇，那個形式美感——）

一旦到了這一步，就等不及想聽到他的下一句話。

不知道爺爺有沒有意識到。不管怎樣，他終究還是說出了那句話。

「楓，給我一支菸吧。」

〈你有抽過高樂斯嗎〉——根據爺爺的說法，曾經有這麼一首歌名奇特的歌紅過一陣子。書房的空間中，瀰漫著高樂斯的紫煙。這個書房本來應該有六坪的，但因為擺滿了滑動式書架，感覺只有三坪大小。

另一方面，看著那些重疊的書架，就像是看著自己在鏡中的形象，空間感覺無限延伸的寬廣。爺爺向稍微打開的窗戶縫隙，吐出了第三個煙圈後——

爺爺說：「我看到了『畫面』。即使不借助幻視的力量。」

不借助幻視的力量？那是什麼意思？意思是，解這個謎對爺爺來說很簡單嗎？

「首先，讓夢中情人老師煩惱的私人生活問題是什麼，讓我們從這裡開始思考。一般來說，人們的煩惱大致可以分為『生病』、『金錢問題』和『人際關係』這三種。那麼她的煩惱究竟是什麼呢？」

爺爺有一瞬間將目光投向消逝在窗外的煙霧。楓感覺他那樣子，似乎是在期許她的煩惱，也能隨之煙消霧散。

「她這麼年輕，而且還參加過游泳隊，我們可以先排除『生病』這一項。然後考慮到她是一名會讓男老師們心猿意馬的美女，我們姑且假設她的煩惱是『人際關係』，具體來說，就是感情糾紛。再假設，她和某位男老師之間有戀愛關係。那麼所有的問題都會一口氣得到解答。」

楓不自覺地將目光投向她一直打開著的手機上的照片。確實，這麼美的女人，「照理說」總會有幾段感情。

「讓我們試著按時間順序，重新想像那天可能發生的事。首先，早上十一點十五分，第四節游泳課開始。那是個絕佳適合游泳的天氣，而且也是這學期最後的游泳課，學生們一定都很興奮。十一點四十分，夢中情人老師按計畫吹響哨子，高聲喊道，『讓大家久等了！最後二十分鐘是自由活動時間！』到這裡為止，都沒有任何異常的情況。」爺爺語尾稍微上揚。楓點了點頭。

「但是接下來，事態就開始朝殺人事件發展了。」

「咦？」

「孩子們開始享受自由活動時間，完全沒在注意老師的舉動。就在這個時候，應該是從更衣室暗處吧，有個人招手叫她過去。此人對於夢中情人老師來說，是絕對無法違抗的對象，不只如此，萬一被其他人看到了，也不會感到奇怪——譬如說，那個總是給花壇澆水，還帶頭清掃校內的人——而且還是和夢中情人老師有著感情糾紛的人，或者說得更明白點，是三角戀中的一人。」

楓的背脊發冷。「難道說……」

「沒錯，凶手是『第二代擦窗老師』，也就是校長。」爺爺說道。

「大概是發生在十一點四十五分到五十五分左右的事吧。校長在更衣室裡殺害了夢中情人老師，從沒有留下血跡這點來看，很有可能是使用雜物間的繩子之類的工具絞殺。校長先把屍體暫時藏在雜物間，脫掉衣服，然後把脫下的衣服也藏在雜物間。然後以原本穿在衣服下面的泳裝打扮，出現在更衣室的外面。當然，頭上戴著泳帽，臉上戴著泳鏡。」

「等等，請等一下。」

楓接著提出了剛才那一瞬間浮現腦海的疑問。

「等等，爺爺。難道你是在說校長喬裝成夢中情人老師了嗎？不管怎樣，那也太離譜了吧。」

此時爺爺嘴角上揚。「妳還沒有發現嗎？」然後他直截了當地說。

「校長是一名年輕女性。」

「怎麼可能……」楓仍然無法接受。

「但是，她是校長啊。」

她不自覺提高了聲音。

「女性擔任校長並不罕見，加上最近常見到優秀年輕教師成為校長的例子。三十二歲成為史上最年輕的校長，這樣的新聞引起話題已經是好幾年前的事了。」

的確，楓也記得曾在電視上看過這則新聞。

「在這個時代，四十多歲的女性擔任校長也沒什麼奇怪的。正常來說，聽到有個老是擦窗戶、喜歡乾淨和照顧花草的老師，首先應該會聯想到的是女性吧。楓，妳不會是因為我的形象太強烈，就擅自認定她是男性了吧？」

「但是如果是這樣的話……」楓以略帶顫抖的聲音說道：「為什麼美咲沒有告訴我這件事呢？如果『第二代擦窗老師』是一名年輕女性，她肯定會首先告訴我這一點啊？」

「妳說得對。」爺爺承認。「現任校長被稱為『第二代擦窗老師』，說完這個，接下來美咲老師應該會說『而且這位校長是年輕女性喔』類似這樣的話。不太對勁喔，楓，妳當時是不是在想其他事情啊——比方說在想我，所以漏聽了她這句話呢？」

楓頓時一驚，對喔。（當時我正在——）楓想起來了。「第二代擦窗老師」讓她想到爺爺，跟著就想到了「破窗理論」。

怎麼會這樣？竟然因此漏聽了最重要的部分——

「看來我猜中了。」爺爺瞇起眼睛說：「但我還是要說，即使如此，妳也應該能察覺到校長是女的——不，妳必須察覺到才對。」

「這話是什麼意思？」

「難道不是嗎？前晚就那麼剛好，在那齣劇中到處都可以看到『不應該憑個人臆測斷定性別』的提示。」

（啊……！）楓低聲驚呼。

「首先，妳原以為是女性的紅髮劇團團員，實際上是男性。而且最重要的是，妳自己交出去的劇本，內容是描述一個『二十多歲的女性散盡所有財產去賭馬，結果全輸光了，只好跑去遠洋鮪魚船上打工』的故事。雖然我不是很懂最近喜劇的笑點。」

爺爺慢慢吸了一口菸。

「可能妳在這個劇本中追求的趣味，就在於想像與實際的落差吧，『從設定上怎麼看都應該是男性的角色，結果是個年輕的女性』。」

楓無言以對。而且，自己認為的趣味點，在這樣詳細的說明下，竟是如此令人尷尬。

「其他還有更多提示。就在演出結束後的慶功宴上，四季醉倒之前說的那段話。記得他是這麼說的，『不能因為自己一廂情願的主觀想法，而誤判自己的位置』。雖然只是巧合，但這不就像是在暗示校長的事嗎？」

爺爺犀利的指點，固然令楓驚訝，但更令她驚訝的其實是另一點。為什麼他能記得我在談話中偶爾提到，甚至沒有留下語音紀錄的內容呢？但楓還是硬擠出一個疑問。

「為什麼你可以那麼肯定校長是年輕女性呢？當然這是有可能的，但我還是認為這樣的情況並不常見。」

「那很簡單。只要能了解美咲老師的心理狀況，自然就能得出這個結論。」

「我還是不懂。」

「昨天美咲老師在和妳道別前說了這樣一句話。對了，楓。妳去看妳爺爺的時候，一定要給他看看這個。」

「是啊。」

「請想想看，這可是她要給『第一代擦窗老師』，也就是給我看的照片。就一般正常心理，更不要說在禮貌上，這張照片應該都是『第二代擦窗老師』的照片吧。實質上已經失蹤的『夢中情人老師』的照片，照理說不可能輕易傳給別人。在如此重視個人隱私的這個時代，美咲老師不也刻意避開本名，稱呼她為『夢中情人老師』嗎？」

楓然後又看向手邊手機裡的照片。

「這位穿著黃色連衣裙的女性是……」

「是的，第二代擦窗老師就是凶手。」

從窗縫間飄來的是金木犀的香氣，我記得它的花語是「真相」。

「讓我們回到那天發生的事吧。」爺爺說道：「正好十二點，下課鈴聲響起，孩子們還在泳池裡嬉鬧。此時從更衣室的暗處，身穿泳裝喬裝成夢中情人老師的校長現身。她在A地點吹哨，並且大大揮舞著雙手，做出上來吧的手勢。戴著泳帽和泳鏡，隔著泳池看到同樣打扮的校長，究竟誰會注意到已經換人了呢？一個是看上去比實際年齡年輕得多的四十多歲女校長，一個是撐得起夢中情人老師這個綽號的昭和美女，看起來比實際年齡成熟的的女老師。如果再穿著泳裝，今天就算不是小朋友，也可能完全分辨不出來。」

「有道理。」

「於是孩子們毫不遲疑地爬上B地點，準備去淋浴。確認沒人看到自己後，校長再次消失在更衣室。」

「嗯，這裡我都明白了。」

「可是，」楓提出了那個最大的謎團。「那個有人跳進水裡的聲音，是怎麼回事呢？所有小朋友都說是老師跳進水裡了。」

「正確來說，並不是所有小朋友。」爺爺調侃地舉起食指。

「楓，妳作為班導，肯定有這種經驗吧。老師吹哨後，其中一個孩子，多半是喜歡引人注意的調皮男孩，為了逗笑，一下又跳進了泳池。」

啊——的確有這個可能。

（不如說，我自己就時常碰到。）

游泳課的自由活動時間，要隨著哨聲立刻結束是相當困難的。大部分情況是，總會有一兩個孩子，會假裝沒聽到哨聲又跳進水裡。而且楓心想，說實話那樣還滿可愛的。

「我懂了。所以那個男孩就憋氣，安靜地躲在泳池裡。」

「沒錯。」

「但是一個小學四年級的男生，能在水裡憋一分鐘的氣嗎？」

「那我問妳，妳認為潛水閉氣的世界紀錄大概是多久？」

「嗯……」

楓想起以自由潛水員為主角的電影《碧海藍天》（*The Big Blue*），片中的尚．雷諾（Jean Reno），但我只記得他戴著圓眼鏡的模樣。

「頂多五分鐘吧。」

「別傻了。」爺爺大笑起來。

「我印象中的紀錄大約是二十四分鐘，現在可能更長了。雖說還是小孩，但小學四年級的男生，怎麼可能只有一分鐘。」

這麼一說，的確也是。爺爺的看法並沒有錯。楓想起了網路上有許多影片顯示，豈止是小學四年級，連一年級的小朋友都能在水中憋氣超過一分鐘。

「過了大約一分鐘，擔心夢中情人老師安危的四、五個男孩，接二連三跳進了泳池。這時，早先跳進水裡的搗蛋鬼因為憋不住氣，將臉伸出水面……但被眼前的混亂場面嚇到，瞬間又潛下去。」

「原來如此。所以後來他就害怕了……事到如今才招認『跳下水的不是老師，是我』，這也實在太難說出口了。」

「妳說的一點也沒錯。他肯定沒想到自己的小小惡作劇，竟然演變成如此詭異的狀況。」

楓心想，我得把這事告訴美咲才行。

「話說校長回到更衣室，迅速套上日常的服裝，靜靜地等到喧鬧逐漸平息，學生們陸續從泳池入口離開後，她才從游泳池後門溜出去，再從走廊的後門回到校長辦公室。這裡要注意的一點是——」

爺爺停頓了一下。

「校長辦公室的門是向著走廊外開的。換句話說，校長事先將辦公室的門打開一半。這樣一來，當她殺了人後，從西側的後門進入校舍時，即使有人在走廊上走動，她也完全在他人的視線死角。」

楓再次看了一眼她印出來的平面圖。

（原來如此。）

十二點的下課鈴響後，基本上不會有人經過一樓走廊，也就是保健室和學生諮商室的前面。然而，這並不是「絕對」。只需穿越花壇的一端，從後門在成為視線死角的走廊向前走幾公尺，就可以直接進入校長室了。

「過了一會兒，教職員室收到孩子們的通知，美咲和老師們隨後來到校長室報告。這時候，校長可能已經——」

爺爺看向旁邊的茶杯。「或許正在喘口氣，喝口茶呢。」

「但是藏在雜物間裡的屍體究竟去哪裡了？美咲他們放學後過去看，什麼都沒有啊。」

「屍體早就被迅速處理了。畢竟，凶手每天都在整理花壇，這個舉動並不會讓人覺得奇怪。她把手推車推進游泳池的後門，將雜物間裡夢中情人老師的屍體放在推車上，然後蓋上藍色塑膠布。接著，她可能就把手推車大大方方擱在花壇旁邊了。」

楓的腦海裡浮現出某種可怕的景象。「所以說，夢中情人老師的屍體——」她的脖子後面感到一陣寒意。

「那天深夜，校長在月光下，將她的屍體埋在了花壇中。」

「也只有這個可能了。而且校長現在同樣每天都在擦拭校長室的窗戶，看著埋著屍體的花壇，內心在計畫何時該把它移到何處。」

「雖然很可怕，但這就合理解釋了校長室從二樓移到一樓的原因。」

「但是關於這一點，我覺得遷移校長室恐怕和殺人動機也有關。」

「什麼？」

「比方說，妳覺得這樣的故事如何呢？兼具美貌與才幹的女校長和某位男性教師之間有著戀愛關係。然而，這個男老師後來卻愛上了新來的夢中情人老師。學校裡，最適合他們祕密幽會的地方會是哪裡呢？」

楓腦海中閃現了一個念頭。

「泳池旁的教職員更衣室！」

「妳說對了。」爺爺點了點頭。「有一天，校長看到她的愛人與夢中情人老師一起消失在更衣室中。一開始，她可能會說服自己看錯了，但目睹同樣的場面一再重演，她終於無法再忍。於是，她將校長室遷到一樓，這樣就可以隨時隔著泳池的鐵絲網看到更衣室。雖然這樣說可能有些怪，從我當校長後，校長和教育委員會之間的關係就很好，所以只需找些冠冕堂皇的理由。譬如說，培養孩子們欣賞花朵的鑑賞素養之類的，要遷移辦公室一事就非常容易。對校長來說，如果這樣施壓能讓一切回歸本位，她說不定就會原諒那位女老師。但即使這樣，兩個年輕人的私會並未停止。最終……」

楓接過話頭。「演變成了殺人事件。」

微微涼風捎來了金木犀的香氣。楓想起了金木犀的花語，還有「誘惑」和「陶醉」的含義。

報警之前，楓決定先回家和美咲商量。今天很難得的，爺爺要求楓幫他點上第二根菸，那表情真是陶醉，悠悠地朝窗外的金木犀噴了口紫煙。

所以楓必須在確認星火都確實熄滅後，才能離開。就在楓又泡了一壺茶後，爺爺突然開口說道。

「妳知道解詰棋的問題，有時候不只有一個正確下法。」

怎麼會講到這個。

「出題者多半希望正確的下法只有一種，因為這樣問題才具有完整性。」爺爺拿起了茶几上的詰棋書。

「但是在極少數的情況下，即使出題者也未必能注意到的另一種正確下法，可能更完美。實際上我在這本書中，找到了兩個這樣的問題。」

這是什麼意思呢？不會吧……難道爺爺是在自誇？

「再次看看這個案子吧，或許該來談談另一個『美麗的畫面』了。」

（啊？）

「什麼意思啊？爺爺，難道說……還有其他的故事嗎？」

「是的。而且這個故事妳可能更喜歡。」

（什麼啦？）楓的額頭開始冒汗了。

「快說吧，爺爺。」楓重新打開摺疊椅坐下。

「首先，讓我們重新思考夢中情人老師的煩惱。就像我剛剛說的，人的煩惱大致可分為『生病』、『金錢問題』和『人際關係』三類。如果我們排除『生病』和剛剛那個故事中的『人際關係』，那麼剩下的就只有一種了。」

「金錢問題？」

「對的。夢中情人老師的母親很早就過世了，只有父親還健在。那為什麼她的父親，在他的寶貝女兒失蹤後，卻沒有報警協尋呢？這不是很令人不解嗎？」

「確實很奇怪。」

「現在我們假設，她的父親負債累累，無奈只好宣告破產。但即使宣告破產，如果是有黑道背景的討債業者，絕不會就這麼輕易放過他。他們不僅會要求償還本金，還會向夢中情人老師索討巨額利息。畢竟公務員是最理想的連帶保證人。」

這說法是說得過去啦。但是，楓心想，這個想像未免也太跳躍了吧。

「如此一來，她求助的對象會是誰呢？找她平常就很尊敬的校長商量，不是很自然嗎？到這裡沒問題吧。」

「說實話，我覺得這是基於假設上的假設。」楓坦率回答。「但至少邏輯是通的。我希望你能繼續。」

就在這時候——楓不知為何有一瞬間，覺得爺爺彷彿笑了出來。

「夢中情人老師問了校長的意見，校長想了又想，最後提議夜逃。」

「夜……逃？」

楓被這個出乎意料的建議嚇到，一時無法理解這個詞的意思。

「話說校長和夢中情人老師按照剛才提到的計畫，在泳池裡製造了一起『憑空消失事件』。唯一不同的是，這並不是一起凶殺案，單純只是兩個穿著泳裝的人互換而已。」

「真相」正在楓的心中慢慢形成。不對，這樣還是說不通啊。

「十一點四十分，夢中情人老師向學生們宣布接下來是自由活動時間後，就走進了更衣室，校長應該已經在裡面了。夢中情人老師在泳衣上套上連衣裙，戴上草帽之類的東西掩飾濕漉漉的頭髮，拿起事先準備好的旅行包包，走出泳池後門，再從學校的後門離開。這應該不會花太多時間，因為還有校長幫忙她換衣服。」

確實——比起剛才的故事，楓更喜歡現在這個。

「所以夢中情人老師現在還活著？而且她的父親也知道這件事？」

「夜逃一直都是這樣的。」

「但是，」楓提出一個問題。「就算是一個善良又有行動力的年輕校長，真的會想出這麼誇張的夜逃計畫嗎？」

「那麼，如果是這樣呢？」

爺爺繼續說道。

「夢中情人老師向校長求助後，校長轉而向她現在仍保持聯絡的『某人』求助。這個人對他任教的學校非常有愛，不用說，他平時就很關心被稱為『第二代擦窗老師』的後輩女校長。雖然他現在體力衰弱，頂多只能寫一張便條紙的字，但他仍然和現任校長維持著書信往來。而且這個人有足夠的人脈，能夠幫忙在外地私立學校安排一份教職工作——」

爺爺說話的同時，看向矮書架上的信件架。

「在那些信件中，說不定還夾雜了一封夢中情人老師託他，在風頭過後轉交給美咲老師的信。當然，由於這是私人信件，他並沒有打開來看，但即使沒有讀過，他也能感受到信中滿溢著，寫信者對她最愛的前輩——美咲老師的一片心意。」

不會吧，不至於吧。爺爺朝窗外呼出一口紫煙，然後隔著煙霧，他又做出手持棋子的姿勢，戲劇性地說：「將軍。」

與剛才不同，這次他的手絲毫沒有顫抖。

「楓，今天的故事結局我早就知道了，所以從一開始我就忍不住想笑。當然，我也嘗試思考其他可能的正確下法，但是搬移屍體的部分就有些牽強。另外，我希望妳能理解的是，愛花的人都是好人。『第二代擦窗老師』比第一代更愛花，她只是出於對花的熱愛才決定遷移校長室的。」

原來策劃出這一切的人，居然就在我眼前。但是楓還有一些不明白的地方。

「爺爺，有一件事我想問你。」

「什麼事？」

「為什麼那個某人會大張旗鼓地策劃這一切呢？這實在很奇怪。如果只是為了夜逃，只需要讓她在深夜裡，叫輛計程車逃到偏僻一點的車站就好了啊。」

爺爺聽了咯咯地笑起來。

「那樣的故事有什麼好玩的。」

「什麼？」

「聊到四季的戲劇時我應該已經說過了，故事如果不有趣，就失去了意義。」

楓頓時無語。所謂的動機竟然是──「為了讓故事變得有趣」，真的有夠荒謬。

「暑假就在眼前，學期最後一堂游泳課。梅雨剛剛過去，天空萬里無雲。在令人窒息的酷暑中，眾人嚮往的夢中情人老師如海市蜃樓般消失。對於孩子們來說，這將是他們可以對人說一輩子的故事。無論是過去還是現在，對於世間的孩子們來說，沒有任何經驗能比得過一個夏日奇談。」

就在這個時候──香菸的火苗突然熄滅了。「啊……」爺爺呻吟道：「水淹進來了。」這是幻視。看到地板被水淹沒是ＤＬＢ患者的典型幻視。

「夢中情人老師站在那座碼頭，她的表情一片光明。她凝視著潮來潮去的海浪，期待著夏天早點到來。她想著，一定要在這座島的周邊，無憂無慮地盡情游個痛快。」

（不小心說出了「島」這個字，要是被討債業者聽到就糟糕了。）

爺爺應該是為了出身離島的夢中情人老師，特地安排了一個會讓她想起故鄉的離島小學吧。

楓為已經要睡著的爺爺輕輕蓋上毛毯。

第四章／第三十三人！

1

爺爺堅稱水獺在他床下築了個巢。即使多次勸阻，他還是想要把床搬開，楓聽到護理員的這番報告後，憂心忡忡地前往碑文谷。爺爺知道他的幻視是由DLB引起的，但他偶爾會深信不疑地認為，他所看到的這些都是真的。

每當這種情況發生，他的身體狀況幾乎都不好，往往是因為某些壓力所引發的。楓很清楚爺爺這次的壓力來自何處。

（是因為聽不到孩子們的聲音了。）

小時候，楓曾把碑文谷這一區稱作「紅色糖果街」——儘管其活動範圍只限於三百平方公尺左右。這個具有老街風情的舊式住宅區內，狹窄的單行道錯綜複雜地交錯著，到處都可以看到若隱若現的倒三角形紅色「讓」的交通號誌。

楓小時候都會把這些號誌看成糖果店常見的三角形紅色糖果。爺爺家門前的道路也同樣狹窄，門邊就有一個「紅色糖果」號誌。但幾天前它被拔掉了，因為要開始為期一年的下水道工程。因此附近的幼稚園孩子們，不得不改變上學放學路線，爺爺自然就無法聽到他們可愛的聲音了。

一打開玄關門，一名相當於組長身分的女性護理員，像是等不及似的抓住楓的手，帶她進入屋內。這名護理員年約四十歲，一頭齊邊的筆直短髮，給人一種關心工作勝過關心打扮的印象。

由於她希望可以彼此有話直說不要客套，這樣合作才能長久，所以爺爺和楓都開玩笑地稱她為「妹妹頭小姐」。

「我想來想去，覺得還是只有讓他親自看看床底下這個方法了。」

「我明白。對不起，爺爺給您添麻煩了。」

「不會不會。但真的很奇怪，一個這麼聰明的人怎麼會變這樣，真是一種奇妙的病啊。」

她說話直接，反而讓人感到可信。

「我們一起過去看看吧。」妹妹頭小姐推著楓的背，往書房方向走去。

護理用的油壓式電動床，靠一個人是絕對搬不動的。

「搬開後妳們就知道了。絕對有兩隻，不，有三隻水獺在下面。」

無視於爺爺的忿忿不平，妹妹頭小姐和楓移開床，將床下空無一物的地板展示給爺爺看。

「看，放心了吧，爺爺。看來小水獺們已經搬到別的地方去了呢。」

「哦，喔喔，看來是這樣。」

爺爺附和般回應著楓，但看來他還是無法相信這一切。

「可能是因為天氣變冷了吧。」

爺爺顯得相當沮喪。明白了水獺只是幻視，而自己竟然沒有發現這一點，可能讓他感到很沒面子。很難說他是想要趕走水獺，還是因為有水獺在床下築巢而感到開心。但是——楓依稀感覺可能是後者。

等妹妹頭小姐離開後，爺爺用略帶困倦的聲音換了個話題。

「對了，學校那邊怎麼樣了？」

果然如此。爺爺因為無法聽到孩子們的聲音而感到寂寞，所以他將話題轉向了楓的學校生活。

「嗯……有一件事，但不是最近發生的，而是半年多前的事了。」

楓開始講起她事先準備好的話題。

「這件事有點像鬼故事，又有點像奇幻小說，但最終還是一個推理故事。」

「哦？」爺爺臉上瞬間掛上了笑容，和剛才的反應完全不同。

無論是推理、恐怖、奇幻還是科幻，只要是「有趣的故事」他都喜歡。

楓暫停了一下，稍微壓低聲音說道。

「那一天，教室裡一共有三十二個人。但突然之間，人數變成了三十三人。」

——爺爺，你知道嗎？那時候我剛開始帶六年級的班，班上有一個男女三人組很有特色。怎麼說呢……如果用奇幻小說來比喻，把他們想像成J．K．羅琳（J. K. Rowling）的《哈利波特》（*Harry Potter*）系列中那三個小魔法師可能會比較容易理解。其中一個是正義感很強但也愛惡作劇的眼鏡男孩，就叫他「哈利」吧。另一個男孩比較膽小，但心地善良，滿臉雀斑，非常可愛，就叫他「榮恩」。最後一個是很有魄力的女孩，在男生群中受到有如偶像般的愛戴，不用說她就是我們的

「妙麗」。

這三個人乍看之下沒什麼共通點，但他們卻是好朋友，在班級中總是處於核心地位。後來我才知道，原來他們三個都喜歡推理和奇幻小說，所以在這點上他們是很合得來的。那天也是，三人像平常一樣打打鬧鬧，那天的最後一堂課是「英語會話」。

現在即使是公立學校，從五年級開始就會教英語會話，這已經是共識了。順帶一提，我們班一共有三十二個學生，男生和女生各十六人。和爺爺當老師的那個年代相比，學生人數會讓你感覺很少，但現在一班這樣的人數是很正常的。我帶了座位表來，大概像這樣。你眼鏡放在哪裡？我去幫你拿過來。

——上課鈴響了，我拍拍手說：「那麼像平常一樣，兩人一組，只能用英文進行對話。」接著說：「可以看課本裡的例句，但絕對不能說日文！說出日文的人……不能畢業！」近似慘叫的笑聲此起彼落響起。雖然這是課程的一部分，但因為帶著遊戲的成分，基本上我認為學生們都很能樂在其中。

可是呢……這時哈利卻用中指推了推眼鏡，舉手表示「這不是很無趣嗎？我身

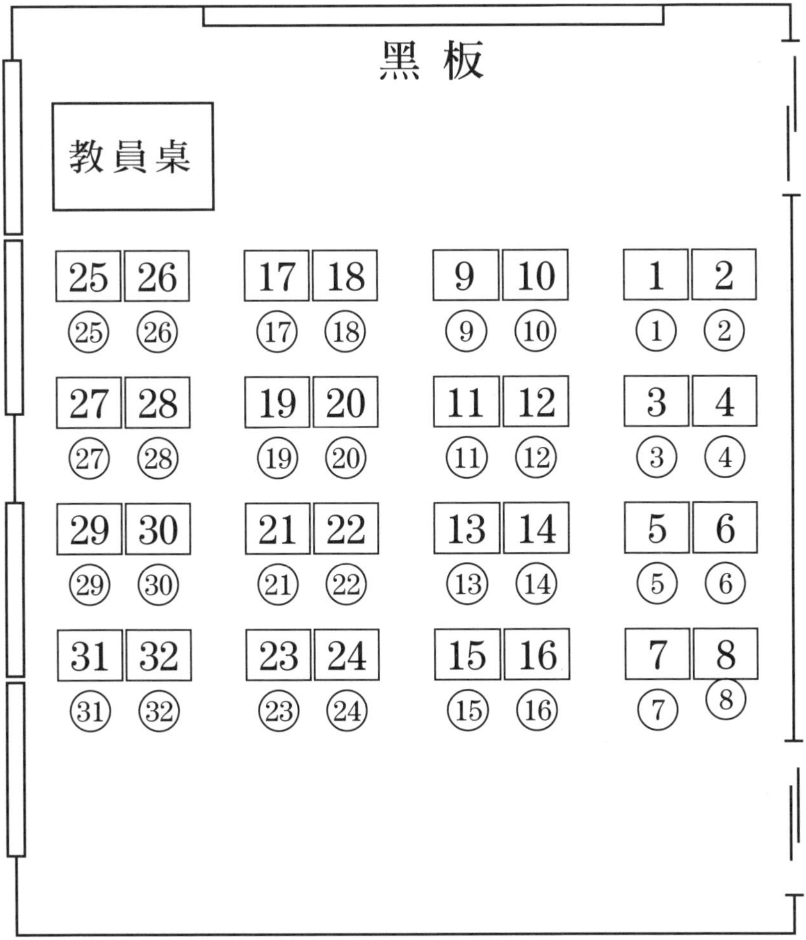
黑板
教員桌
25 26 17 18 9 10 1 2
㉕ ㉖ ⑰ ⑱ ⑨ ⑩ ① ②
27 28 19 20 11 12 3 4
㉗ ㉘ ⑲ ⑳ ⑪ ⑫ ③ ④
29 30 21 22 13 14 5 6
㉙ ㉚ ㉑ ㉒ ⑬ ⑭ ⑤ ⑥
31 32 23 24 15 16 7 8
㉛ ㉜ ㉓ ㉔ ⑮ ⑯ ⑦ ⑧

為班長提議，來進行一場說鬼故事比賽怎樣？」我提醒他說：「那就不能算是上課了。」但是全班同學都熱烈贊成，紛紛附議說「贊成！」還有人說：「我想聽鬼故事！」甚至一向認真的妙麗這次也加入贊成行列。「老師，試試看嘛！」全體男生一致同意。當然，對她一向痴心的榮恩也無法反對。於是，我答應他們進行十五分鐘的鬼故事比賽。

——在其他孩子分享了幾則似曾相識，令人莞爾的鬼故事之後，哈利站起來說，下一個輪到他。「這間教室有時會出現一個跟我們年齡差不多的女孩鬼魂，你們聽過這個故事嗎？」他眼鏡後面的目光透出一絲懼色，但是從他臉上的表情照樣無法讀出任何情緒。

原本嘈雜的教室頓時安靜下來，哈利不在意地繼續說下去。「昨天晚上，我曾爺爺就跟我說了。據他的說法，戰爭時這間學校附近有一個大型防空洞，那裡經常傳來小孩哭聲。他說沒有比在黑暗中迴響的哭聲更可怕的東西了，空襲警報聲和女孩寂寞的聲音，他到死也不會忘記。」

那一刻我突然擔心起那個女生，所以忍不住出聲打斷他。「等一下，你的故事提供了非常寶貴的資料。但防空洞只是在學校附近，所以鬼魂不應該出現在這間教室。」

「這就是問題所在，老師。昨天我在圖書館查了一些資料，結果發現一件事，那個防空洞的位置，不僅僅是在學校附近——」哈利指著教室後方，「我們現在所在的教室，剛好就在那個位置上。」全班同時轉頭看向教室後方。

從那之後，不管誰說的鬼故事，全班都一片寂靜默不作聲。我認為這已經超出遊戲範圍。當我拍手說「好了，說鬼故事比賽到此結束！」時，大家顯然都鬆了口氣。於是我們終於又回到了英語會話課的時間。

——「時間是兩分鐘，都準備好了嗎？預備……開始！」全班同學分成兩人或三人一組，雙雙靠在一起，開始用英文熱烈交談。對孩子們來說，兩分鐘看似很短，實際上可能比想像的要長。

如果只用課本上的例句，對話很快就結束了，於是有些男生開始看著桌子上的東西，說些「Is this a book？」或是「I have a…pencil！」這類顯而易見的句子，其實還滿能帶動氣氛的。而我呢，就從桌子之間的走道，慢慢朝教室後面走去。

從窗戶看出去，櫻花已經半開，雖然還不到完全盛開，但遠看幾乎就像全開了。接著當我走到中間一排後面的兩人小組榮恩和妙麗旁邊時，我轉向黑板，重新看著所有小朋友。這時我看看教室裡的時鐘，已經過去兩分鐘了。

——接下來問題發生了。當我說「到此結束！」讓大家停下會話時……在我身旁的榮恩和妙麗小組，兩人突然拉開距離，開始爭吵。平時安靜的榮恩此時情緒激動，對著妙麗大吼說「我聽見了！妳剛才說了日文！」妙麗也不甘示弱，「剛才說日文的明明是你！」我一邊安撫他們，一邊問明緣由，兩人都堅稱「清楚聽見了有人講日文」，而且那個聲音聽起來很寂寞，像是在哭。經我詳細追問，他們說那個聲音是從背後傳來的。

當時我就站在他們旁邊，我不記得我說了什麼。而且我可以肯定，我的背後，也就是教室後方，並沒有任何人。過沒多久，班上學生開始騷動起來……他們懷疑，本來應該只有三十二個學生的班級裡，出現了第三十三個孩子。那個第三十三個孩子，很有可能就是在防空洞裡哭泣的那個小孩鬼魂。就在這時候，陽光突然照進了教室後面的角落，那個角落原本像防空洞一樣黑暗，而且感覺比平常更狹窄。

一陣風從走廊吹進來，空氣中的塵埃揚起，亮晶晶的在空中飛舞。我還記得有幾個女生，有如在忍著不要尖叫出來似的，捂住自己的嘴。

——那天雖是早春，但氣溫格外冷冽，教室的窗戶全都從裡面鎖上了。教室前後的門雖然稍微打開，但是並沒有人進來的跡象。因為是邊間的教室，所以也不可能是隔壁教室的聲音。哈利、榮恩和妙麗都不是會說謊的孩子，也沒有欺騙大家的動機。

以上就是原本只有三十二個學生的班級，突然出現第三十三人的故事。爺爺，如果是你的話，會如何編寫這個故事呢？

楓因為擔心爺爺會中途睡著，所以一口氣說完了故事。幸好她的顧慮純屬多餘，爺爺的口氣與剛才完全不同，語調清晰地說道。

「楓，能給我一支菸嗎？」

2

可能是午餐時間到了，下水道施工的聲音在稍早前已經停止。取而代之的是，初冬清冷的空氣，帶來了一聲鳥鳴。

「是斑鳩，牠的叫聲和貓頭鷹一模一樣。」

爺爺滿臉笑容地說，這豈不是正好符合哈利他們的故事嘛。楓感到十分開心。因為魔法少年哈利波特有一隻雪鴞。爺爺會立刻想到這一點，說明他的智力正在即時恢復。

「說來這不算是『對讀者的挑戰』，而是對『獨居老人的挑戰』。」或許是為了放鬆肩膀，爺爺慢慢轉動脖子，接著又露出愉快的笑容。

「楓，妳的故事裡隱藏著所有解開謎團的線索。如果要給這個謎團下一個標題，那就是第33人！」

楓明白爺爺所說的意思。爺爺曾經推薦她讀過的一部萩尾望都❶的經典漫畫《第11人！》（11人いる！），故事描述在一艘只有十個船員的太空船——換句話就是極致的封閉空間中，忽然出現了一個神祕的「第十一人」，是一部著名的推理短篇。

不久，爺爺停止轉動脖子的動作，然後直視著楓。

＊＊＊＊＊＊＊＊＊＊＊＊＊＊＊＊＊＊＊＊＊＊

「這個故事中有一個重大矛盾點，只要察覺到這個矛盾點，『第三十三人的謎團』就能迎刃而解。」

楓心跳開始加速。「那麼，那個矛盾點是什麼呢？」

爺爺微微瞇起眼睛，彷彿要看進楓的眼睛深處。

「圖上有清楚標示。簡單說就是——『雖然那天非常冷，但教室的前後門仍然

❶萩尾望都：創作生涯超過五十年，其創作廣及科幻、奇幻、推理、愛情喜劇、神祕懸疑等類型，是第一位以少女漫畫家身分獲得日本政府頒發紫綬褒章並受封為文化功勞者，被譽為「少女漫畫之神」。

微微敞開』這項事實。」

果然對爺爺來說，推理就是最好的良藥。

「窗戶是從裡面鎖起來的，那為什麼不把門也關上呢？為什麼要開條縫讓冷風進來呢？答案只有一個，為了通風。如果是超過半年多前的事，那時新型傳染病正在流行。看來妳是想測試我的記憶力吧。」

爺爺的大眼睛微微上揚，露出一絲調皮的神情。

「接下來說到哈利，楓妳是這麼說的吧，他眼鏡後面的目光透出一絲懼色，但是無法從他臉上讀出任何情緒。嗯，妳沒有說謊，妳真的是很謹慎呢。」

爺爺慢條斯理地指指他自己的嘴巴。

「無法讀到情緒是理所當然的，也就是說，他就像其他小朋友，和平常一樣都戴著口罩。」

「你真厲害，爺爺。」

「不過這麼一來，又出現了另一個矛盾點，那就是儘管存在感染風險，男生和女生還是雙雙靠在一起組成一對，開始用英文交談這個事實。這完全無視於飛沫傳染的風險——怎麼會有這樣不顧安全的課程呢？若說真有的話，那就只有一種方式。」

爺爺說得斬釘截鐵。

「男生女生並不是和隔壁同學組成一組，而是前後同學組成一組。」

楓嚥了一口口水。

「就讓我用剛才的圖來說明吧。首先，第一列和第三列的孩子不用移動他們的課桌，需要稍微移動的是第二列和第四列。他們一起將課桌向後移，然後將自己的椅子搬過來，和前面一列的椅子背對背靠在一起。然後他們背靠著背，各自面向相反方向開始練習英語對話。」

採用這種方式，可以讓每一組同學都因為隔著課桌而保持距離。確實，雙雙靠在一起的表述並無虛假。但他們並不是比鄰而坐的，他們坐在椅子上，和前後列同學相親相愛『雙雙靠在一起』。

我曾經看過相關新聞報導，當時全國各地的學校都不得不這樣上課。教室後方的空間，會感覺比平常更狹窄也是在所難免。因為事實上是真的比平時狹窄。每一組後排的同學沒辦法將腿伸進課桌下面——於是課桌移動調整後每一直排都會比原來稍微長一些，教室後方的空間必然就會跟著變窄。怎麼樣，聽懂了嗎？如果我講得不夠清楚，楓——妳可能需要打開妳準備的第二張圖。」

（哇——完全被看穿了。）楓無奈地打開了第二張圖給爺爺看。

不知哪裡的斑鳩又發出像貓頭鷹一樣的啼聲。楓想起了她曾經去過的一家義大利酒吧的牆上掛著的時鐘，上面就棲息著一隻貓頭鷹。貓頭鷹是魔法師的使者，爺爺就是推理的魔法師。

「到了這一步，幾乎已經可以確定第三十三個人的真實身分了。」

爺爺淡然地宣布答案，聲音中滿是慈祥。

「楓，第三十三個人就是妳。」

楓點點頭。

「這是妳首次帶六年級的班。三月初早春時期，那堂英語會話課是妳和那群可愛的孩子們充分交流的少數機會——甚至也可能是最後一堂課。想到這點，就能理

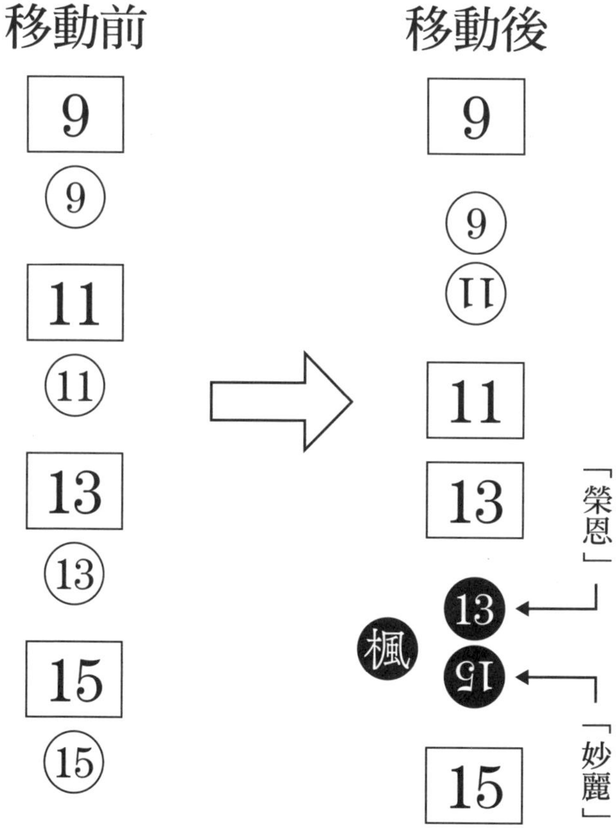
移動前
9
9
11
11
13
13
15
15
移動後
9
9
11
11
13
「榮恩」
13
楓
15
「妙麗」
15

解為何哈利會提議來個說鬼故事比賽，因為他想為全班留下回憶，也能理解為何妳會同意。因為這是妳第一次帶畢業班，而且畢業典禮即將到來。在畢業典禮上哭泣的不會是他們，我也有過同樣的經驗……到時會哭的一定是老師。」

爺爺閉上眼睛，彷彿在回味著過去。

「一年前還像小孩子的他們，現在已經可以熟練地進行英語對話，這多麼讓人欣慰啊。妳慢慢走向教室後方，眼前的櫻花彷彿已經盛開，妳站在教室中間後排，正好就在榮恩和妙麗的旁邊。妳再次轉過身來，試圖將所有人的面容深深烙印在自己心中。就在那一刻，妳不自覺地以哽咽的聲音喃喃道，比如說——不行了，好寂寞啊。」

沒錯，至今楓依然不是記得很清楚。事後回想起來，自己真是在無意識中說出了那樣的話。就如爺爺所說，那確實是不自覺的行為。在事情鬧大之後，才初次意識到（第三十三人就是我）的這個事實。

「所以說，背對背的榮恩和妙麗聽到了楓的聲音。榮恩認為那是妙麗的聲音，妙麗覺得那是榮恩的聲音。二十多歲女性的自言自語是年齡曖昧、性別不詳的。那兩人都誤認那是對方的聲音。但是兩分鐘過去，當他們發現其實對方並沒有說日文，這件事突然就變成了鬼故事，整件事情就是這樣。」

楓低著頭，假裝氣餒——實則內心偷偷吐了吐舌頭。正當她接著想要說「爺爺，就這樣結束了嗎？」的時候，爺爺搶先一步，笑著說事情並沒有就此結束。

「這個不算是對讀者挑戰，而是對獨居老人挑戰的故事，其實分為兩個部分。剛剛的故事只是序章而已，在那之後還有另一個故事用來結尾。」

＊＊＊＊＊＊＊＊＊＊＊＊＊＊＊＊＊＊＊

爺爺毫不猶豫地斷言。「還有另一個第三十三人。」

不會吧？他不會連這個都猜到了吧？

「明確的線索就寫在第一張圖裡。首先，教室東側後方，只有⑧號學生的椅子與其他不同，是完全貼著課桌的——這代表椅子一直收在課桌下面。也就是說，沒有學生坐在這個座位上。⑧號座位，是一個長期缺課的女生的座位。學校經常會將長期缺課的學生座位安排在離教室後門最近的地方，以便讓學生隨時能夠回到課堂。所以那必然就是⑧號座位。」

（但、但是——）

「為什麼你會認為那是女生的座位呢？」

「理由我稍後會解釋。首先我想探討在這堂課中，哈利的言行舉動的背後原因。妳形容他是正義感很強但也愛惡作劇。在即將畢業的最後一堂課上——在和老師同學告別的重要時刻，他會用這樣寶貴的時間只是來講一個鬼故事嚇唬大家嗎？通常我們會覺得，他這樣的行為背後應該有其他的意圖吧。」

真是太厲害了——沒有絲毫破綻。

「也許他在上最後一堂課前，已經三番兩次去拜訪過那名長期缺席的女生，說服她來上學。『大家都在等妳』『讓我們全班一起和楓老師說再見吧』。最後他終於說服成功，就在楓和其他的學生都不知情的情況下，那個女生決定要回到久違的學校。

針對這次與同學們的難得重聚，愛惡作劇的哈利想要製造一點驚喜。或許是這份玩心，才讓那女生決定回到學校也說不定。首先他會講一個關於『防空洞女孩』的鬼故事，然後在英語會話課結束時，他會大喊說『大家！看看教室後面！』這時，那個長期缺課的女生就會從東側的門緩緩現身——一直關心她的同學們此時肯定會報以熱烈的掌聲——這就是原本的劇本。

從圖中可以清楚看到，教室後方的門拉開得比前方的門更大，這是為了讓那個女生可以沒有壓力地進入教室，不僅只是為了通風的原因。」

「爺爺，我有兩個問題想問你。」

「妳問吧。」

「首先，你是怎麼知道有長期缺課的學生的？」

「關於英語會話課，楓妳說過這樣一段話，『全班同學都分成了兩人一組，或是三人一組，雙雙靠在一起，開始用英文熱烈交談』——如果學生人數是三十二人，那麼兩人一組就可以分配完畢，為什麼需要特別組成三人一組呢？顯然班上有一人缺席。畢竟在開始這個話題的時候，妳不是就說了『那一天教室裡一共有三十二個人』嗎？妳只是說出了一項明確的事實。沒錯，那天班上確實是三十一名學生加上楓，共三十二人。」

「那我再問一次剛剛的問題，妳怎麼知道長期缺課的學生是女生？」

「同樣是因為妳自己已經『明示』過了。」

爺爺果然注意到了。

「在哈利說完防空洞女孩的故事後，妳說『那一刻我突然擔心起那個女生，所以忍不住出聲打斷他』。如何？『那個』的用法有些奇怪對吧。如果妳擔心的是防空洞女孩的後續情況，應該會用『這個女孩』來表示。也就是說，當妳聽到防空洞女孩的故事時，妳開始擔心的是那個長期缺課的女孩。在橫溝正史的《獄門島》中，『介系詞的問題』曾讓偵探金田一耕助困擾不已，這是段非常有名的情節，這裡則是『這個和那個的問題』。不過這個故事肯定不會那麼陰暗，最後一定是迎來了快樂的結局——嗯，我可以看到那個畫面。」

爺爺盯著高樂斯的紫色煙霧。

「『大家，看看教室後面！』隨著哈利的這聲呼喊，一個低著頭的女孩慢慢從教室後門走了進來。楓和所有同學頓時都感到非常驚訝，接下來則是報以熱烈的掌聲。完成重大任務的哈利摘下眼鏡，擦拭著歡欣的淚水。『怎麼樣，不是鬼魂吧。大家一起說歡迎回來。預備，起……歡迎回來！』在教室外，陪同女孩前來的母親也在擦眼淚。包括楓和那名長期缺課的女生，全體三十三人終於齊聚一堂──這就是『第三十三人！』這個故事的快樂結局。」

彷彿宣告結束的信號一般，隨著躺椅嘎吱作響，爺爺慢慢將身體靠回了躺椅。

就在這時候──從玄關傳來人聲，幾個人此起彼落地說道「打擾了」。對楓來說，他們來得真是時候，但她同時也不免對自己的禮儀教育感到汗顏。

「那些孩子──我明明有告訴他們要先按門鈴的。」

「是誰來了啊？」

「哈利、榮恩，還有妙麗。」

「妳說什麼？」

「前幾天，我偶然在電車上遇到他們三個。他們都上了同一所中學，在妙麗的提議下，他們成立了一個推理科幻恐怖奇幻研究會。但他們三個已經把學校圖書館裡的類型小說差不多都讀完了。於是——我就邀請他們來我爺爺家。」

「我們可以進來嗎？」那是楓所懷念的哈利的聲音。

（哇——他開始變聲了呢。）有點好笑，但也令人感動。

「抽菸不太好吧。」爺爺全然無法掩飾開心，看著爺爺急忙打開窗戶，揮手驅散紫煙，楓隨後說：「請進——！」

身形高矮不一、性格迥異的三人走進書房。當然，他們的長相並不像《哈利波特》裡的那三個人，但楓私心認為他們的個性真的很像。首先是榮恩和妙麗開始吵了起來。

「這個房間是怎樣……太棒了吧，全都是書。」

「這麼沒禮貌！應該先打招呼！」

「聽說院子裡有很多鈴蟲，這是最新的昆蟲圖鑑。」

「哪有人這樣打招呼的。」

自我介紹也簡單得很。

「是擦窗戶老師——對吧？」哈利用中指推推眼鏡，抬頭看看書架，就直接進入主題。

「我聽說這裡有我們沒有讀過的恐怖小說……我們能沒事過來這裡借書嗎？」

「太沒禮貌了！應該說，能否容許我們來此叨擾向您借書？」妙麗糾正道。

「妳這種繞來繞去的說法感覺也怪怪的。」榮恩評論道。

爺爺笑出聲來。「隨時都可以過來借書。所有知名的恐怖小說我幾乎都有。舉例來說，你們當時不是都希望不來上學的那個女生能回到班上嗎？那麼關於『可以實現任何願望的故事』，你們覺得怎樣？」

「那就是常見的童話故事吧，一點也不恐怖。」

「你是這麼認為嗎？」

爺爺露出了惡作劇的笑容，然後他指著最前面的書架一角——

用和他常說的那句話，完全相同的語氣，他說出了「可以實現任何願望的故事」——這世上最恐怖的小說書名。

「楓，可以幫我拿那本收錄了雅各布斯❷（W. W. Jacobs）的〈猴掌〉（*The Monkey's Paw*）的短篇集過來嗎？」

❷ 英國作家W．W．雅各布斯，創作的超自然題材短篇恐怖小說，收錄在短篇故事集《駁船夫人》（The Lady of the Barge）中。講述一隻能夠實現三個願望的猴爪，但許願者會因為這些願望而付出慘痛的代價。

第五章／幻影女子

1

妳大概沒有察覺
我首次為妳拍下的照片
妳大概沒有察覺
我和妳的兩人合影

（想不到週六一大早就這麼活躍。）楓心想。在東京近郊的老街，一條河沉重緩慢地流過。冬日裡的溫暖陽光照射在河岸上，她抱膝坐在河邊，目光觀察水面的動靜，看起來像是只有眼前的水在流動。

遠處的對岸邊，一艘進行護岸工程的挖泥船，用幾乎靜止的速度緩慢前進。楓背後的散步道上，享受散步和慢跑的人們，不斷來來去去，與這種慢條斯理的景象形成對比。

河邊傳來的是打棒球、網球和槌球的人們，毫無間斷的歡聲笑語。然而這些熱烈的聲音在楓的耳中聽起來，就像她來這裡時乘坐的那班暖氣開到十足的電車中，誘人入睡的規律振動聲一樣。

（不行，我好睏。）

她強忍著哈欠，頭上突然傳來一聲怒吼。「妳要休息到什麼時候？」穿著運動裝的岩田像一尊金剛像似的站在那裡，雙臂交叉胸前。

「休息得越久，肌肉就越僵硬，腳步也會越沉重。而且妳還穿著平時的運動鞋，妳這樣的態度就是小看馬拉松賽。」

「穿平時的運動鞋不行嗎？」

雖然她選的是和衣服同樣不起眼的鞋子，但她還是不太高興。

「我按照你的話，認真地買了跑鞋。」

「那妳更需要努力。來，補充水分後站起來。」

（簡直是魔鬼教官。）

她聽從指示用寶特瓶裡的礦泉水潤潤喉，回到散步道上，再次跟在岩田後面開始跑步。

在楓任職的小學裡，三週後就要舉行一年一度的馬拉松大賽。像楓這樣的運動白痴往年絕對不會參加，但今年情況不同。不知是怎樣的因果關係，楓將擔起保護殿後學童的任務，陪著孩子們跑步。

這八成是岩田的陰謀，他就跟每年一樣，擔任領跑的角色。楓惡狠狠地瞪著岩田隨著跑步規律晃動的背部。就算是為了訓練，她實在不能理解為什麼需要轉乘好幾趟電車，甚至還得把行李寄放在車站投幣儲物櫃，千里迢迢來這麼遠的地方。

但是，在漫不經心跑步的過程中，她似乎理解岩田為何珍視這個地方和這個時間帶的原因。鋪設完備的散步道，寬度大約有五公尺，對於交錯來往的行人來說，空間十分充足。

一對體面的老夫妻帶著一條大型犬走過，擦肩而過時，他們微笑著對岩田道了早安。從那隻愛爾蘭塞特犬用力搖著尾巴的模樣推測，那隻狗應該也認識岩田。

接著是一名年輕男子，穿著立領運動夾克和緊身褲，一身專業的跑步打扮，他也在擦肩而過時對岩田點頭致意，說聲辛苦了。他拉下脖子上的保暖圍巾，露出一口白牙燦笑後離去。

（原來如此……這種感覺其實挺好的。）

在週六早晨的散步道上，就有這樣宜人的互動。這時突然又出現了一名看來約三十多歲的女子，穿著帽衫，肘部擺成直角規律地擺動，大步走著。看到岩田的身影，她噓了口氣並停下來。

「早安，岩田老師。你每週都來，這麼熱心。」

她喝了一口用顏色鮮豔卡通圖案的毛巾包著的飲料，偷偷瞥了楓一眼。

「哎呀。」她把飲料夾在腋下，用雙手掩住嘴，對岩田耳語道。

「好漂亮的女生喔，她是你的女朋友嗎？」

等等，這位大姐。妳這樣用手遮住嘴有意義嗎？完全沒有。這邊根本都聽得一清二楚。

「不，還不是。」那個「還」字完全多餘啊。

帽衫女子說：「抱歉打斷你們了，祝你們運動愉快。」並對楓投以意味深長的一笑，然後又彎著手肘，踩著有節奏的步伐走開了。

唉，完全被誤會了。不過呢——楓拍了拍痠痛的大腿，（看在他告訴我這麼好的運動場所，就別太在意吧。）

她決定放過此事，再次跟在岩田後面跑了起來。但不知是否因為不習慣跑步的關係，沒多久她就氣喘吁吁了。等等……岩田老師，你是不是加速了？

不行了，已經筋疲力盡了。但是和楓相反，岩田回頭說話時，簡直氣定神閒。

「結果四季那小子果然還是沒來。基本上，週六早上他就是個廢人。」

「啊……你說什麼……」

「咦？」

岩田注意到上氣不接下氣的楓，停下腳步說：「難道楓老師也成了廢人嗎？」

他又露出那個會讓整張臉皺在一起的咧嘴笑容。

「這次就把那裡當終點吧。」

在讓身體冷卻一下的藉口下，楓朝著岩田指著的那座鐵橋，搖搖搖晃晃走過去。接著，就聽到橋下傳來了熟悉的男低音。

「你們兩位辛苦了。」

聲音的主人一邊從便利商店的袋子裡取出一罐啤酒，一邊撥著長髮。

「流汗之後，當然要來罐這個。」四季說道。

這座位於散步道中繼點的橋，在河畔一帶投下了巨大陰影。三人在骰子形狀的水泥堤防上，找到了一處有陰影的地方，並排坐下打開啤酒。戶外的空氣加上冰涼的啤酒，滲進了燥熱的全身。

「好喝。」楓脫口而出她最自然的感受。

不久前她還嫌啤酒苦，現在她終於明白了啤酒的美味。

「啊，剛剛消耗的熱量都白費了。」

岩田一邊抱怨，一邊咕嚕咕嚕地大喝一口。

「不過我還是會好好享受它的。」他瞪著四季說。

「你為什麼不準時過來呢？」

「喂，話不是這麼說吧。」四季笑嘻嘻地吐槽。

那一刻，楓意識到他們有一個共同點。沒錯，儘管類型完全不同，他們兩人的笑容都非常迷人。

「學長你肯定一開始就沒想過我會來。誰會在週六早上跑步啊，簡直有病。」

「喂，雖說是週六早上，但集合時間是十點。這時間有很難嗎？」

「對我來說是很難，而且學長你其實偷偷竊喜可以兩人單獨跑步吧。」

「你煩不煩啊？再給我一罐啤酒。」

「好的。」四季將啤酒罐精準地扔給岩田，然後轉向楓問道：「最近妳讀了什麼無聊的推理小說啊？」

來了，今天他又理所當然地把「無聊」當前提。

「談無聊的推理小說也挺無聊的不是嗎？」

「所以我們才要反過來，從它的缺點中找到樂趣啊。這就是推理小說這種獨特文學形式才有的精髓。」

就在這時，岩田插嘴說：「等一下。」

「你們兩個總是開心地討論著推理小說，偶爾也讓我說說話吧。」

「什麼？」四季表示疑惑。「學長你有辦法討論推理小說嗎？」

「別小看我。」岩田喝了一大口啤酒，然後得意地說：「我想出了一個前所未有的新理論，保證讓你們嚇一跳。我稱之為『職業摔角＝懸疑小說理論』。」

「哦哦。」四季的眼睛睜得圓圓的，一副很有興趣的表情。「願聞其詳。」

聽到四季這麼說，岩田似乎信心大增，他鼻孔噴氣說道：「楓老師，妳知道我喜歡職業摔角吧？」

「我是第一次聽說。」

「是嗎？」

岩田有些慌張地撓了撓鼻側，然後轉向四季。「聽好了，職業摔角和推理小說非常相似。比方說，推理小說中常會出現某個詞彙，這個詞彙在職業摔角界也很常見。」

岩田提高嗓門說：「對了，我們來玩個遊戲吧。問題！在推理小說和職業摔角中經常出現的，由兩個漢字組成的某個詞彙是什麼？好，請搶答！」

兩人幾乎同時答道：

「流血。」

「是流血吧。」

岩田懊惱呻吟。「答、答對了……」

「你們怎麼知道的？」

「學長，你太膚淺了。」

「我覺得太膚淺。」

「你們不要異口同聲好嗎？」

四季看著臉色不悅的岩田，有些擔心地問他。「不會……就這樣而已吧？」

「別傻了，我有很多理由證明，職業摔角和推理小說是一樣的。」

岩田從腰包裡拿出一本筆記本，舔了舔手指翻開書頁。

「我可是做了很多研究。以前有一位名叫殺手卡爾・考克斯（Killer Karl Kox）的著名摔角選手，他的外號說出來可厲害了，叫做『殺人狂』。怎麼樣，夠直接了吧？」

「膚淺。」

「我也覺得膚淺。」

「我說過不要異口同聲！我想想，其他還有……很多有著推理小說般外號的摔角選手。首先是『殺人醫生』史蒂夫．威廉斯（Steven Williams）。一個醫生竟然是個殺人犯，不會很恐怖嗎？另外不能忽略的是『違反槍炮彈藥刀械管制條例男』卡爾．安德森（Karl Anderson），警察到底在幹麼啊？此外還有很多。但最厲害的還是『囚犯』吉姆．達根（Jim Duggan），這個角色是一個穿著囚服的死刑犯，但在比賽時會被特別釋放出來。」

說完，岩田砰的一聲闔上筆記本，彷彿在說「看，厲不厲害」。

「咦……結束了嗎？」四季問。

「結束了。有這麼多材料應該足夠了吧。」

「唉，真是受不了。」四季嘆口氣，撥了撥長髮。「如果你要主張職業摔角等於推理小說的理論，我希望你能看到更本質的部分。確實，兩者有很多相似處。但是，摔角選手那種獵奇的角色和推理小說中的殺人者形象，共同的也只有表象。我們應該更全面的，用鳥瞰的角度關照職業摔角的全貌。」

「聽起來好難。」

「其實很簡單。在成功的職業摔角比賽中，一定會先安排讓觀眾驚訝的事件。

譬如說，傳說中首次登場的最強摔角選手，展現了他壓倒性的實力，打敗了團體的頭號王牌。又或者，由於意外的亂入或背叛，團體內的勢力瞬間豬羊變色。這些開幕戰中會發生的事件，就很類似於推理小說中所謂的意外開場。」

四季一旦開始，就停不下來了。

「當全國巡迴賽開始，開幕戰的意外事件將發展成多個含有不同主題的故事。遺恨、友誼、正義、復仇——甚至衰老也會成為一項主題。凡此種種都相當於推理小說中的中盤戲劇性展開。」

無視於兩人的目瞪口呆，四季繼續說下去。

「然後這些故事都會被帶進最終戰的大會場上，並且以沒有一絲多餘的完美方式收官。毫無瑕疵的王牌，換句話說，也是那展現了神一般智慧的名偵探，用出人意料的技巧擊敗了最強大的敵人。當觀眾離開賽場時，他們內心澎湃的快感，就恍如讀完了一本精彩的推理小說。而兩者之所以有這種相容性，是因為它們都屬於正面意義上的『虛構作品』。再者——」

「你的話太長了！」岩田忍不住抱怨起來。「不要隨便抄襲人家的理論啊，而且怎麼感覺比我有深度。」

「是學長你太淺了。」

「你真的很煩吔。你明明最討厭運動，為什麼唯獨談到職業摔角會讓你如此熱血？」

「職業摔角不是運動，是浪漫。」

「浪、浪漫？」

「六公尺見方的摔角擂台，是摔角選手揮灑自己人生的畫布。還有——」

「好了，你回去吧，你這個酒鬼！你知道自己在說什麼嗎？」

就像職業摔角一樣，他們兩個無止境地拌嘴。楓打開了第二罐啤酒，吸了口逐漸變暖的冬日空氣。

然後——就像啤酒一樣，她發現三個人在一起的氣氛真是太美味了。

——就在那一刻。楓突然感到頭上有股奇怪的視線。她膽顫心驚地慢慢抬起頭，果然在橋上的人行道上，有人雙手握著欄杆，正死命往下盯著他們看。

因為逆光的關係，只能看到一個黑影。但是楓覺得，那個影子是故意計算好逆光的角度，故意瞪大眼睛，故意將臉露給她看的。

「那個——不好意思打斷你們討論。」

她避開了橋上的目光，小聲對兩人耳語。

「你們看，橋上有人。」

「啊。」岩田說。

「確實有。」四季說。

「不瞞你們說，最近這個月，我時不時感覺好像有人在跟蹤我。不是啦，如果要說我是自我意識過剩，也可能就是那樣。」

楓吞吞吐吐地繼續說道。

「但就在差不多剛好一個月前，我開始幾乎是每天都會接到無聲電話。啊哈哈，對不起，可能只是我想太多了。」

——聽到這裡，岩田二話不說，直奔橋墩旁的樓梯而去。

「等等，岩田老師！」

「不，應該要去確認一下。」

四季用五隻纖細的手指撫著他尖尖的下巴。

「楓老師，那些電話來源當然都是未顯示來電，對吧？」

「是的。不過，更多的是公用電話。」

「妳家附近有電話亭嗎？」

「有，就在我住的公寓前面。現在還有電話亭真的很稀奇。」

四季沉默下來，望著閃耀的水面。

受不了這股沉默的楓，強迫自己露出笑容。「哈哈，可能只是個惡作劇電話啦，不好意思，因為我個人的事驚擾大家了。」

「不，」四季以前所未有的認真神情說道：「這個不能等閒視之。」

就在此時，岩田喘著氣回來了。「那傢伙……一下子就跑掉了。他的跑步技能相當不錯。」

然後——「這個不能等閒視之。」他和四季說了完全一樣的話。

妳注意到了嗎
今天我對妳說話好幾次
從比妳想像的
更近更近的地方

2

正好是一週後的星期六早上——岩田一個人在同樣的河岸步道上跑步。他覺得和上週相比，今天感覺更冷了。但他記得天氣預報的溫度，比上週高三度。

（難道我覺得冷是因為……）

一種不想承認的羞恥快速掠過岩田心中。

（是因為楓老師不在身邊嗎？）

——不，停下來。你這樣太俗辣了，岩田。

每週六早上都會花將近一小時來這裡獨自跑步，已成為他的慣例，而他也從未覺得孤單或者寂寞。

話說回來，萬一真的有跟蹤者，還讓她花時間來這河岸就太危險了，於是阻止她來的，不就是自己嗎？最重要的是，上週就已經很俗辣了，本來只要大方邀請她就好。

（但因為害怕被拒絕，所以也邀了四季。）

而且，發現四季沒來時——

（我其實很開心呢。）

岩田搖搖頭，提高跑步的速度。幸好，為了防範可能會下雨，他多穿的那件防風外套，產生了有如桑拿服一樣的作用，迅速地讓身體溫暖起來。和帶著愛爾蘭塞特犬的老夫妻打招呼，和穿著立領運動外套和緊身褲的年輕人友善相互問候後，他心中的寒意逐漸消散。

好的，感覺很好。這裡果然是最棒的。然後——

（真希望能告訴爸爸和媽媽這個地方。）他有點遺憾地想著。

岩田不久就到了上週他們在橋下喝啤酒的地方。

（稍微休息吧。）

在散步道前方約五十公尺的地方，他看到了上週也見過的帽衫女子。他舉起手代替打招呼，然後離開散步道，走向堤防。

烏雲密布的天空遠方，有雷聲響起。正如天氣預報，可能會下起陣雨。可能是因為這樣吧，今天河岸上都沒什麼人。

不對，還是有人——岩田注意到，巨大的橋墩陰影裡，有兩個男人在爭吵些什麼。一聲怒吼隨著冷風傳來，看起來不是小事。

「發生什麼事了嗎？」他快速走下水泥堤防，走向那兩個男人。

但不知是不是沒聽到他的聲音，還是故意無視於他——兩個男人抓住彼此的手臂，爭吵得更為激烈。其中一個是穿著西裝的五十多歲中年男子，另一個穿著橘色T恤，看起來約二十多歲的年輕人。

年輕人高聲嚷嚷著什麼，然後中年男子一副要結束爭吵的架勢，用力推了年輕人的身體。

「別以為我好欺負。」

這時中年男子的手，像鐘擺一樣擺了一下。

「不會吧？」年輕人驚訝地喃喃說道。

中年男子沒有看岩田一眼，直接跑向了橋墩另一邊。接著，年輕人膝蓋癱軟慢慢倒下——岩田勉強接住了他的身體，至少避免他傷到頭部。

「你沒事吧？」

但是，年輕人閉著眼睛，臉上正迅速失去血色，完全沒有回應。他的年紀小到讓岩田嚇了一跳。

（簡直就像我班上的孩子一樣——他可能才十幾歲。）

在岩田心跳加速的同時，他的手背碰到了一個突出的硬物。有種粗糙、獨特的觸感。

（難道說——）

果然如他所想，是插在年輕人肚子上的一把刀。年輕人的頸部被岩田左臂抱著，已經被汗水濕透。但是，他身上的「液體」不只有汗水。一種深色的液體，正把他的橘色T恤染成更鮮豔的紅色。

流血，殺人，凶器。不知為何，上週談論推理小說時，提到的這些詞彙，突然閃過腦海。我在想什麼啊，現在不是想這個的時候吧。

「你撐著點！我現在就叫救護車！」

岩田一把抱著年輕人，並試圖從腰包裡拿出手機。但他的腰包拉鍊卻怎麼也打不開。為什麼啊？該死的！

（啊！我明白了。）

岩田總算明白為什麼拉鍊打不開。因為手上沾滿了血，造成手滑。別急，冷靜點，每分每秒都很重要。

就在這時——突然大雨開始傾盆而下。抬頭一看，堤防上那名穿著帽衫的女子正掩嘴站在那裡。啊啊，太好了，有救了。

「妳看見了嗎？」

女子點了好幾次頭。

「妳有看見那個跑掉的男人嗎？」

女子更用力地點頭。

「那個，對不起！請幫忙叫救護車！」岩田使盡全力大喊。

即使他能拿出自己的手機，因為血糊掉的關係，也不敢保證可以正確點擊銀幕和數字。

但是——帽衫女子這時卻做出了岩田意想不到的行為。她彷彿完全聽不見岩田的吶喊，邁開大步，快速離去。

「等、等一下！喂！」

這一刻，岩田覺得他的表情應該近乎哭泣。

「為什麼啊！喂……喂！」

為什麼？我們彼此不是經常打招呼的交情嗎，妳為什麼要逃跑？岩田張開嘴巴，茫然看著女子消失在散步道的另一端。

雨變大了，擊打在他的臉頰上，讓他猛然清醒。

（對了！必須叫救護車！）

就在他回過神來的那一刻。

「這位先生，你冷靜點。」

背後傳來彷彿溫柔又彷彿嚴厲的聲音。轉過頭去——一名穿著制服的年長警察拿著警棍站在那裡。

「就那樣，不要動。請保持不動。」

「警察先生！趕快叫救護車——」

「我剛才叫了。首先，請你冷靜下來，把你的手從那裡放開。」

（從哪裡放開？）

他低頭一看，才發現自己的右手緊握著刀柄。

（——我握著什麼啊我！）

他驚慌失措地放開了仍插在年輕人身上的刀。他可能是在無意識中，因為猶豫是否拔出刀以進行緊急處理，所以不由自主握住了刀柄吧。

「可以慢慢舉起你的右手嗎？」

岩田按照對方的話，做出一個像是叫計程車的姿勢。他用眼角瞥到了自己血跡斑斑的手。從他用膝蓋和左臂支撐的年輕人的口中，流出了帶血的泡沫。

（拜託，別死。）

「把臉朝向另一邊——對，就那樣，請不要看向我。」

警察過於冷靜的聲音，帶著一種奇妙的違和感，在岩田耳朵裡迴響。他那周到的語氣不知為何也讓人感到不悅，最重要的救護車竟然還沒來。

「緊急通報，緊急通報。呼叫總部及該轄區附近ＰＣ。」他似乎正在使用無線電。「ＰＣ」應該是警車的簡稱。

「——橋墩附近發生了傷害事件。正在極近距離辨識嫌疑人中。我方……訊號中斷。總部聽得見嗎？請回答。重複一次，正在辨識嫌疑人中。我方認為可以抓到他，但也有可能遭到抵抗。請附近的ＰＣ以最快速前來支援。再重複一次——以最快速度。」

「等等，警察先生，我不是凶手！凶手是那個逃跑的男人——」

「不要說話。」

隨著警察慢慢靠近，他聽到金屬的鏗鏘聲。

（是手銬嗎？）

不知何時，現在已是大雨如注。

3

楓一早就很專心閱讀，並未注意到外面下雨。她趕緊將曬在陽台上的衣物收進來，再次坐在沙發床上，拿起了最近重新受到高度評價的推理作家希拉里．沃❶（Hillary Baldwin Waugh）的作品。

書名是《案發當夜下著雨》（*That Night It Rained*），她再次覺得這個書名俐落又好有風格啊。當她輕輕地將用來做書籤的瀨戶川猛資的訃聞剪報——做了裱褙，這是她珍貴的收藏——放到桌上時，她意識到手機裡的未接來電紀錄，顯現了一個異常的數字「十五」。

最近，無聲電話的次數越來越多，所以她基本上都設定勿擾模式。可能是因此而沒注意到來電吧——但就算是這樣，十五通也太離譜了吧。

❶希拉里．沃：美國推理小說的先驅。一九八九年被美國懸疑小說作家協會評為特級大師。

是未顯示來電嗎？還是公用電話？楓忐忑查看了來電紀錄。

〈岩田老師〉

〈岩田老師〉

〈岩田老師〉

（等、等等，這是在開玩笑吧。）

螢幕上整排都是同一個名字，令人感到不安。十五次來電都是岩田打來的。而且這些電話都是在大約三十分鐘前的五分鐘內密集撥打的。

（這絕不是小事。）

楓努力壓抑著加速的心跳，返回主畫面。果然，從岩田那裡收到了三條訊息。

「女人」

「消失了」

「找到她」

訊息的發送時間，是在十五通未接電話之後。

（究竟是怎麼回事……？發生什麼事了？）

不過現在首要之務，不是去猜訊息後面的意思。楓立刻撥打回去，但無論打多少次，都只能聽到「您撥打的電話現在無法接聽……」的冷漠女聲。

（對不起，岩田老師。）

（我沒有接到你的電話，真的很對不起。）

他可能會再打來——楓關閉勿擾模式，然後打開聯絡人，準備向四季求助。就在這時，手機的來電鈴聲突然響起。

「哇！」她被自己有如尖叫的聲音給嚇到，手機掉到了地上。楓趕忙撿起來查看螢幕，看到一個陌生的號碼。

（說不定是岩田老師家裡的電話。）

她急忙按下通話按鍵，只聽見一個男性沙啞聲音說道〈喂，打擾您休息了，不好意思。〉

〈請問這是某某小姐的電話嗎？〉對方確認了楓的姓氏。

「是的，是我，怎麼了？」

〈我是A警察某某某〉對方禮貌地報出自己的職位和姓名，然後說〈事實上，

剛才你的同事岩田先生因涉嫌重大以傷害罪遭到逮捕。我們正在辦理拘留手續。〉

「什麼？」她再次不由自主發出尖叫聲。

（傷害罪？）

（被捕？）

（拘留？）

這一連串出乎意料的詞彙——理解這些意義需要幾秒鐘的時間。

〈喂，妳聽得到嗎？〉

「啊，是，我聽得到。」

〈我們問岩田先生有沒有緊急聯繫人時，他說他沒有父母，沒有兄弟姊妹，也沒有其他親戚。然後他提到了妳的名字。到這裡都沒問題嗎？喂？〉

楓再次陷入無言。她按住胸口，努力平復呼吸。

「是的，沒問題。」

〈一般情況下，我們並不會立即聯繫涉案人的工作場所，但考慮到特殊情況，我們認為倘若在拘留所發生了什麼意外，可能會導致很多問題，所以根據局長的方

針，我們才聯繫妳。〉

「請等一下，這個所謂的意外——」她提起精神，說出了那個討厭的詞。「你是指自殺嗎？」

〈關於這部分，我們按照局長的方針不能回答。現在我會為妳說明會面手續，可以請妳記下來嗎？〉

我要保持冷靜才行。我倒是想問，誰是局長啦？

「請問，在這之前，能不能先告訴我，這次傷害事件的具體情況？」

〈這是正在調查中的案件，我無法回答。另外，在會面過程中也請避免提及案件相關的話題。否則我們將不得不中止會面。〉

「怎麼這樣——」楓硬生生吞下一句話，這也是那位局長的方針嗎？

〈我再重複一遍，請問妳準備好筆記了嗎？〉

她記筆記的手不停地發抖。比岩田因傷害案被捕，更令人震驚的是，那個開朗的岩田竟然沒有父母和兄弟姊妹。越寫越難掩震驚，楓的眼睛自然熱了起來，熱，而且疼。

「喂，四季嗎？你醒了嗎？」

〈……沒有。有，醒了。〉聽起來是半死狀態。

原本決定再也不在星期六上午打電話給他，但現在事態緊急。

「對不起，但請你清醒一點！」楓接著逕自將事情始末說給了四季聽。

〈這狀況不妙。〉哪怕是四季，這下也清醒過來了。

〈我在猜，學長打電話給妳，應該是在被捕前或剛被捕的時候。之後他在警車裡又乘隙偷偷發了短訊給妳——〉

「嗯，我也是這麼想的。」

再次感到無限後悔，為什麼沒有注意到呢？要是當時有稍微瞄一下螢幕的話，就能接到電話了。

「所以他的手機現在應該已經被沒收了。」

〈我猜也是這樣。我們應該盡快去見他，從他本人那裡了解詳細情況。只是，我是之前參與了一部法庭劇後才知道，會面時是不能談論案情的。〉

「那個警察也是這麼說的。」

〈此外，從被捕算起的三天裡，也就是所謂的「最初七十二小時」，重點會徹底放在偵訊上，基本上是不讓會面的。不過我還是會嘗試申請看看。〉

「我也會去試試。」

〈無論如何，〉我猜想四季此時在手機那頭又撥了一下頭髮。〈我們要在會面前擬定好作戰計畫，我會想出對策的。〉他冷靜說道。

4

果不其然——儘管多次申請，但是與岩田的會面，最終還是在他被捕後的第四天，也就是隔週星期三才獲准。由於是非假日，我不得不向學校請病假，但也別無選擇。

至於岩田的假，就請四季扮演岩田的弟弟，以家庭狀況為由，請了將近一個禮拜的假，總算沒把事情鬧大。

但對楓來說，形勢依舊嚴峻。儘管都過了七十二小時，岩田仍然沒有獲釋，這意味著警方已對檢方提出首次拘留請求。也就是說，警方對岩田的懷疑正在加深。

和四季一同在拘留管理課辦理會面手續的過程中，楓一直反覆思索到目前為止獲得的資訊。到了今天，終於首次出現關於這起事件的報導，但也只有在部分晚報上以簡單幾行文字帶過，能從報導中得到的資訊太少了。

上週六上午十一點左右，A川河岸發生一起利器傷人事件。十九歲的男性被害人目前仍處於昏迷狀態，傷勢嚴重，並不樂觀。而因涉嫌傷害以現行犯遭逮捕的二十七歲男子——報導中沒有提到，但當然是指岩田——始終堅稱自己無罪。報導中的資訊只有這些。

剩下的關鍵就在岩田發給我的郵件中的「女人」、「消失了」和「找到她」這三句短短的話。

（實在不願多想，但……）

一種可怕的未來可能發展閃過楓的腦海。如果這名少年不幸死亡，那麼罪名將立即從傷害升高為傷害致死，甚至有可能變成蓄意殺害。岩田會成為嫌疑人，全名會被媒體大肆報導。

不知道透過今天的會面，能知道多少真相。倘若拘留期間結束後，移送檢方，基本上就會被起訴。一旦被起訴，這個國家的司法現實就是，會有九十九％的機率被判有罪。

岩田那麼單純的人，很難想像他在現階段就會聘請私人律師。為了證明清白，必須從岩田本人那裡獲取信息。儘管可以進行一般對話，卻完全禁止談論案情。智慧型手機和錄音機等電子器材，更是絕對不准攜帶入內，而且會面時間只有短短十五分鐘。

（這是一場與時間的比賽。）

一名穿著制服的年輕男警員打開了門。楓與四季默默對視後，走進了會面室。

就像四季告訴她的那樣。一進入會面室，楓立刻注意到房間中央，有一片在電視劇中常見的透明隔板。隔板中央安裝了一個有邊框的圓形配件，上面開著許多孔——據說那被叫做傳聲孔。

隔板的另一側被稱為受刑人區，這邊被稱為訪客區，這些都是她為了今天的會面，所做的預習。那一側還沒有人進來——但兩人剛在摺疊椅坐下，就先各自確認了包包中的物品，並將筆記本放在腿上。他們不想浪費任何一秒鐘。

不久之後，一位身著套裝，姿勢端正的年長女士，踩著響亮的腳步聲走進了受刑人區。該名女士推著眼鏡自我介紹說：「我是拘留管理課的某某某。」

「猜錯了。」四季用只有楓聽得到的音量悄聲道。在楓的眼中看來，這位管理人員應該屬於處事保守，非常嚴格遵守規則的那種人。

（就像我們家長會的主席。）她不太禮貌地這麼想道。

「我並不是說你們會這麼做，但過去曾有串供湮滅證據的前例，所以在會面過程中，請全程避免提及案情。」包括電話在內，這已經是楓第三次被警告了。

「此外，如果我認為你們正在談論案情，我將立即結束會面。」管理人員隨即瞥了一眼牆上的時鐘。「從現在開始，時間將限定為十五分鐘。好了，五之二先生，請進。」五之二似乎是指第五間拘留室的第二個人。

四季再次低聲道：「如果學長是五年二班的班導，那就有趣了。」

很可惜，他是四年三班的。話說，現在是討論這種事的時候嗎？楓實在不確定四季到底是個天生的怪人，還是嘗試以某種方式緩解緊張。

還沒來得及得出結論，管理人員又踩著喀喀喀的鞋聲，走向了角落的桌子。接著，看起來滿臉疲態，還帶鬍碴的岩田出現了。

（好可憐，他應該每天都被逼問吧。）楓正在這麼想著。

岩田衝到隔板前大喊：「楓老師！四季！」接著喊：「真的不是我！是個穿西裝的五十多歲男人幹的，我看到了！我只是幫忙，這時剛好警察……」

「夠了！」管理人員有如踢開椅子般猛地站了起來。

（等、等一下。這是在開玩笑吧——就這樣結束了嗎？）

「也太快了。」四季這次的聲音挺大。

才剛開始還不到十秒鐘。「五之二先生，你是怎麼回事！」管理人員刺人的眼神，從岩田的頭頂一直掃到腳下。這就是所謂的用眼神殺人。

「對、對不起，我一不小心就……」

「下次再犯，我就立刻結束會面。」管理人員一邊用殺人的眼神瞪著四季和楓，一邊回到自己的座位上。

楓鬆了口氣。（岩田老師你也真是夠了——拜託饒了我吧。）

不過，他有看到真凶，而且還是個穿著西裝的五十多歲男人，能夠得到這些新資訊還算不錯。但是，不可以再有任何失誤了。從現在開始，必須格外慎重行事。

「岩田學長，我們帶了一些探望物品來給你。」如事前溝通的那樣，四季首先把手伸進波士頓包，展示已經在「探望物品」清單上寫明並獲得許可的幾樣東西。

「首先是現金。我本想多借一些錢給你，但規定只能帶三萬圓。」據說只要有現金，就可以在所內的商店買到大部分必需品。

「謝謝，四季。這對我很有幫助。」

「然後是內衣和一套運動服。運動服內襯絨毛，所以很暖和。」

「啊啊……這很實用。這裡真的很冷。」岩田看來打心底感到開心，摸著自己長出來的鬍碴。

「最後我還有一個禮物。」四季再次伸手到包包裡。

（什麼——我怎麼沒聽說。）

當四季拿出一個髒兮兮的棒球握在手裡時，他完全無視於楓的驚訝表情。

「給你一記直球，接住它吧。」

「你這傢伙……」

「反正你很閒，就好好沉浸在回憶中吧。」

岩田又說了句「你這傢伙」，然後把手放在隔板上。

「太誇張了啦。」他的臉又皺了起來，但不是平常笑起來那樣，而是皺得怪模怪樣。看著看著，他就淚眼汪汪了。在那一刻，學長和學弟——昔日的投捕搭檔，彼此點點頭彷彿確認了某種暗號。然後四季用手肘輕輕推了楓一下。

（輪到我了！）動作要快——但不能急。楓潤了潤嘴唇，然後開口說出和四季一起練習的台詞。

「話說岩田老師，我記得你喜歡看推理小說對吧？」

岩田傻傻地張大了嘴巴。「沒有啊，別說是推理小說，我根本就討厭所有小說。我唯一會主動去看的大概就只有《妙廚老爹》吧。」

四季趕緊打斷他說：「你很喜歡的，不是嗎？」

「你幹麼表情那麼凶啊……喔喔喔。」

喔喔你個頭啦。

「喔喔，對對對！原來是這樣啊，我懂了。」岩田瞬間皺起臉，露出一個大大的笑容。

「我喜歡推理小說，而且我無聊到都沒別的事情做了。」

（很好，繼續保持下去——）

在如此嚴格的限制之下，他們只能拐彎抹角獲取資訊。

岩田傳來的短訊中寫著「女人」、「消失了」、「找到她」這三個字眼。「女人」指的是什麼地方的什麼人呢？「消失了」是指從哪裡消失呢？而且，如果那個「女人」與案情有關，她當時又是穿著什麼樣的服裝呢？如果能從岩田那裡獲得有效資訊，就能成為尋找「女人」的線索——

「今天我帶來了岩田老師你最喜歡的作家的兩本推理小說。」她從包包裡拿出了第一本書，透過隔板展示給他看。

「你知道的，就是希拉里·沃的作品。」

「啊，喔，那個希拉里。」岩田雖然略顯笨拙，但也跟著演了起來。

「沒錯我最喜歡了，正想再讀一遍呢。」

「這本就是他的經典名作之一，《案發當夜下著雨》。」

楓瞥了一眼管理人員。他正面向桌子在寫些什麼，但並未特別表示懷疑。

岩田把眼睛貼近書本後，認真地對兩人點了點頭。看來他已經明白了楓想引導他，談出事那個雨天的意圖。

「岩田老師，經你推薦後我讀了這本書，這本書無疑是警察小說中的傑作。於是我還想再讀一本沃的作品。」楓故意放慢動作，從包包裡拿出了希拉里．沃的代表作。

一九五三年出版，喜歡古典推理的讀者都知道的，本格派風味橫溢的警察小說中的金字塔。楓留意著自己的發音，特意一字一字清晰地說出書名。

「《失蹤當時的服裝》（*Last Seen Wearing...*）……」

她用眼角餘光似乎看到管理人員站了起來。但這裡是關鍵時刻。

「岩田老師，你這麼會推薦書。」楓把心一橫，繼續說道，「能否告訴我，這本書的劇情大概在講什麼呢？」

5

幸好，當他們到河邊散步道時，天色還很明亮。朝下看過去，河岸上的冬日枯草，顏色比起兩週前似乎又淡了一些。和岩田的會面，算是有一些收穫。

楓和四季一邊走，一邊打開筆記本，再次確認以《失蹤當時的服裝》的劇情大綱為名，從岩田那裡獲得的資訊。

岩田短訊中的「女人」，是指楓也在這裡遇見過的那名「健走的女子」。岩田完全不知道她的身分，他們之間的交情，僅限於每週六的上午，在這裡彼此短暫問候。她的服裝永遠是樸素的單色帽衫。

還有，儘管她看見了事情的全部過程——也就是真凶殺傷被害人後逃跑，然後岩田趕來試圖幫助被害人的過程——她卻從那裡「消失了」。也難怪岩田會拜託楓要「找到她」了。

只要有她作證，岩田的清白就能立即得到證明。當然，岩田也有跟警方說這件事，請他們去找這名「健走的女子」。然而，警方卻說他們問過附近民眾，並沒有這樣一名女子——

「都這個年代了，實在很不願相信有這種事，」四季走在旁邊低聲說道：「但是警方會不會已經認定學長就是凶手，所以根本沒有調查呢？」

「你是說警方在唬我們？」

「聽說以前這種事情是家常便飯。」

楓緊握拳頭。（如果是這樣，那就更必須找到那名健走的女子。）

這時，楓看到從散步道的對面，一對有過一面之緣的老夫妻牽著狗走過來。

「打擾一下。」楓推著四季跑過去。

「不好意思，上上禮拜六我在這裡跑步，你們還記得我嗎？」將白髮梳理得整整齊齊的老太太，帶著優雅的笑容回答說當然記得。

「因為之前都沒見過妳，而且妳又長得這麼可愛。後來我先生還一直在談論妳呢，對吧？」

「妳幹麼說這些啦。」看起來非常紳士的老先生難為情地阻止她。「如果我沒記錯，妳是和岩田老師一起的對吧。」

「沒錯。我想請問的是，你們是否認識另一位經常來這裡的女士——就在我們後面不久，一名健走的女子。」

「健走的女子？」老夫妻彼此看了一眼，有點困惑。

「可以形容得更詳細些嗎？」老太太問。

「她穿著深色帽衫很樸素，我記得那天她穿的是灰色。年齡大概是三十多歲。還有——」

「她最讓我印象深刻的是，」楓嘗試喚起對方記憶。「她把手肘像這樣擺成直角，一步一步走得很踏實。」

老夫妻再次彼此對視，紛紛表示完全沒印象。

「怎麼會呢……」愛爾蘭塞特犬繞著楓的腳打轉。

他們一邊制止狗的動作，一邊說：「抱歉我們幫不上忙，那就先失陪了。」

（等等。）楓回頭想叫四季也問些問題時，發現他在遠遠的後方，擺出戰鬥姿勢。（不會吧。）老夫妻就這麼走掉了。

「喂，四季，你不會是……怕狗吧？」

「別開玩笑了。」四季臉色蒼白以辯解的口吻說道：「我就是不信任那些不懂人話的生物。而且在推理小說的世界裡，狗根本就是不能被信任的對象不是嗎？譬如福爾摩斯系列中《巴斯克維爾的獵犬》（*The Hound of the Baskervilles*）裡的魔犬，那簡直就是怪獸了吧。」

不會啦，推理小說中還是有很多可愛的狗狗表現也很出色啊。雖然想這麼回他，但感覺這一說起來又會沒完沒了，於是楓就以一句「知道了」敷衍過去，而就在這時候——這次迎面而來是穿著立領運動夾克和緊身褲，同樣看來面熟的年輕人。實在是太幸運了。

「對不起！」這次一定要成功，楓抱著這樣的決心喊住對方詢問了一番。可是，他同樣對「健走的女子」毫無印象，也說他沒看過走路方式那樣特殊的女性。

儘管穿著厚重衣服，楓的背脊卻感到一陣寒意。（到底怎麼回事？）

太陽下山的同時，河岸和散步道上也幾乎不見人影。在前往最近的車站的路上——還有在車站附近的商店街，他們也是碰到人就問，有沒有看過那個「健走的女子」。收穫依然是零。

岩田幾乎每週都會見到她，楓也確定有看過她，還親耳聽到她的對話。但是——不知為何，她似乎不存在了。如果找不到這名目擊者，岩田很可能會在不久的將來，遭警方提出二度拘留請求。

一旦如此，他將無可避免地會被起訴，恐怕無法避免有罪。因為情況證據清楚指出岩田就是凶手，已經沒有時間猶豫了。

6

在回家的電車上，兩人一度陷入沉默。不只是楓，四季顯然也混亂得無法思考。當車窗外可以看到市中心的高樓建築時，楓開口說道。

「有這種類型的推理小說吧。周圍的人都聲稱『我沒有見過那個人』，就是所謂的『幻影女子』類型故事。」

康乃爾・伍立奇（Cornell Woolrich）的代表作《幻影女子》（*Phantom Lady*）是此一類型的鼻祖。

「我剛好也在想同樣的事情。如果我們仔細檢視這個類型，說不定就能找到通往真相的線索。」

「還有哪些例子呢？」

「最著名的例子可能是狄克森・卡爾的短篇小說《B13號船艙》（*Cabin B-13*）。」

「我沒聽過。話說回來，你為什麼要拿你討厭的卡爾的推理小說做例子？」

「呃，那、那是因為……」四季罕見地語塞了。

「那其實是一個廣播劇本，並不是一本小說。因此可以說這作品是屬於我的專業領域……」

「我懂了。所以那是怎樣一個故事呢？」

「主角是一名剛結婚的女子，她和新婚丈夫一起搭乘豪華客輪。然而，在船上，她的丈夫突然消失了。她問船員們，我丈夫去哪兒了？卻沒有人知道他的下落。更糟糕的是，他們甚至否認兩人一起上船的事實，都說妳是一個人上船的，一開始妳就沒有帶同伴。」

「我讀過這本書，我想起來了！」

談到卡爾——特別是有她深愛的名偵探菲爾博士（Dr. Gideon Fell）出場的作品——她怎麼可能會輸呢。

「比起故事的真相本身，更有名的其實是那個都市傳說，那個段落在很多小說裡面都曾被提起。」

「什麼都市傳說？」四季有些懊惱地問。

「一對感情很好的母女，到舉辦萬國博覽會的城市巴黎遊玩。但母親突然身體不舒服，躺在飯店的房間休息。女兒離開飯店去叫醫生……幾個小時後，當她回到房間，卻不見母親的蹤影。她問飯店的員工，得到的卻是出乎意料的回答──您從一開始就是一個人入住的。問遍整間飯店，每一個人的回答都一樣，心碎的女兒只能孤零零地獨自回國──就是這樣一個故事。」

我想起來了，四季也不甘示弱地說。

「真相是這樣的。母親在到達巴黎之前，在印度染上鼠疫──在女兒出去叫醫生的期間，母親斷氣了。但這種事如果在萬博期間被大家知道了，巴黎整個城市將會陷入空前混亂，飯店也將遭受重大打擊。於是飯店和巴黎當局緊急協商，將母親的遺體送去其他地方隔離，並下令所有相關人員不准說出去，把這一切都當成不存在的事。」

「的確是一個很有可能發生的精彩故事。」

「如果說到幻影女子這類型的故事──」

「絕對不能漏掉的是這一個，」四季熱切說道：「是電視劇《古畑任三郎》中的某一集，〈古畑感冒了〉。偵探古畑的部下在一個偏僻的村莊遇到了一名美女，他們四處約會，度過了一個美好的夜晚。然而到了第二天早上，這位美女卻突然消失了——而且村民們，甚至連當地的警察都說，我們從來沒見過那樣的女人、你從一開始就是一個人，就是這樣一個故事。《古畑任三郎》第三季幾乎每一集都是正面挑戰既有的推理故事類型，每一集都很出色，而這一集更可說是當中最傑出的經典之一。」

楓完全同意。此刻，這個經典類型給岩田老師帶來「大災難」。過去這類的謎團都由天才偵探們解決了，如《B13號船艙》的基甸．菲爾博士，還有《古畑任三郎》的古畑警部補。

但楓在心裡想道，我知道一個完全不會輸給他們的人。

7

這天楓下了決心，請了第二天的病假，前往碑文谷的爺爺的家。走過狹窄的水泥小徑時，小心翼翼不要碰散了院子裡的茶花，這時楓聽見從書房的窗戶傳出的物理治療師的聲音——這位物理治療師的家裡經營著一家霜淇淋店，因此爺爺和她都稱為「霜淇淋店的小哥」。

「盡可能大口呼氣……好的，輸贏就看這一步。」

輸贏？看來他們正在進行相當吃力的復健訓練。依照霜淇淋店小哥的說法，只要能夠正確評估身體狀況並適當訓練，不管年齡多大，都可以練出肌肉。

楓走進屋子，敲了敲位於走廊盡頭的書房門。

「呼……是香苗嗎？還是楓？」爺爺隔著門問道。

「是我，楓。」

「稍等一下。那麼，霜淇淋店小哥，我們再來一次。」

哇，真的很積極。

「對不起，打擾你們了。加油。」

楓走進位於走廊左手邊的起居室，在目前幾位合作的護理人員中，相當於組長身分的「妹妹頭小姐」，正在照護筆記本上蓋章，並說「這樣就完成了」。

「謝謝你們一直照顧爺爺。」

「哪裡，最近他的身體狀況相當好。那場水獺之亂就像從沒發生過一樣。」妹妹頭小姐笑著說，今天他狀況也很好，然後繼續說道。

「他說他想接受長谷川式評估。結果，他又拿了滿分。」她一邊笑著，一邊用小指拭去眼角的淚水。

所謂的「長谷川式評估」——正確來說是「修訂的長谷川式簡易智能評估」——是一種為了快速篩檢失智症，而研發的認知功能測試。從詢問出生日期和目前所在位置的問題開始，測試包括記憶力，例如能否立即回憶起剛剛說過的事情，以及心算能力等等。滿分是三十分，如果得分在二十分以下，就會被診斷為疑似失智症。

但是像爺爺這種患有路易氏體失智症的患者，能獲得驚人的高分並不罕見。話雖這麼說，但又一次得了「滿分」，這實在是——

除了在寒冷的季節，帕金森氏症的症狀會變得明顯之外，爺爺的空間認識能力也不可避免地下降。即使如此，他仍能在認知功能測試中取得滿分，這證明他確實是一個非凡的智者。

妹妹頭小姐把照護筆記放進包包，向楓點點頭說我先走了，然後就離開了。接著，頭髮理得短短的霜淇淋店小哥從書房走了出來，他說了句「下次見」，然後向書房裡瞥了一眼。

那個瞬間，他眼中的某種神情，讓楓覺得不太尋常。因為那並非他慣常的溫柔眼神。

（該怎麼說呢？那簡直就像——）

對，如果要用情緒來形容的話——那看起來像是「敵意」。

「妳好，楓老師。」

（啊——）

「謝謝你。」

「今天他的狀況也非常好，那我先走了。」從那彷彿是貼上去的制式笑容裡，已經讀不出任何情緒。

一定是自己多慮了吧。可能他就是那種正經起來，眼神就會變得很銳利的人。

「爺爺，可以了嗎？」

「我還在運動，不過妳可以進來。」

走進書房，看到爺爺坐在可調節角度的躺椅上，正把雙臂高舉過頭，扯著一條橡膠製的彈力帶。

「不好意思讓妳久等了。」

「沒關係，不要緊的。但你不要太累到自己喔。」

這是爺爺風格的放鬆運動嗎？結束了彈力帶運動後，爺爺用毛巾擦乾臉上的汗，然後開始梳頭髮。從前十分注重打扮的習慣又回來了，哪怕只是一點點也令人開心。

光是把頭髮梳整齊，看起來就年輕五歲。最後爺爺用微微顫抖的手，把頭髮撥上去，把頭甩了兩三次。把前面的頭髮隨便一撥，掠過他高挺的鼻梁——那模樣，感覺跟某人有點像。

「爺爺，我有點急事要麻煩你。」

楓拿出了寫得滿滿的筆記本。「今天我沒有錄音，希望你能聽我說。可能會有遺漏的地方，還請你多擔待，希望你能給我一些建議。因為我重要的……」說到這裡，她瞬間猶豫了。

重要的——什麼呢？一時找不到適當的詞彙。「事關我重要朋友的人生。」

然後，從河畔的事件開始，岩田的短訊和警察打來的電話，到會面室的狀況和在散步道上的「調查」，凡記憶所及，她盡可能描述了事件的所有細節。

「《失蹤當時的服裝》，好令人懷念啊。待我瞧瞧——」爺爺聽完之後，帶著興味盎然的表情，雙手交握，開始說道。

「首先，這個事件的最大關鍵在於，那名健走的女子手上的東西。」

「毛巾是吧。」楓有如等著這句話般迅速回答。

爺爺露出神祕的笑容，雙手一攤，意思是要她繼續說下去。

「她穿著深色系的單色帽衫，沒有任何特徵。她身上所有的東西，唯一有特色的就是那條包著飲料的鮮豔毛巾。於是我努力回想，那絕對是一條有卡通角色圖案的毛巾。下一個浮現在我腦海的是，那是一個綠色的卡通角色。然後——我突然就清楚想起來了。那是一隻恐龍寶寶，叫做提拉諾諾。」

「提拉……什麼？」爺爺不禁苦笑。

「提拉諾諾是兒童教育節目的主角。它把蛋殼當成家的樣子，非常可愛。於是我就察覺到——那名健走的女子……」像是在試探爺爺的反應，她說出了自己得出的結論。「——可能有一個正在上幼兒園或托兒所的孩子。」

爺爺聽後「哦哦」了一聲，然後拍手說「太厲害了」。

「一點也沒錯。倘若是大人也知道的世界級著名角色就罷了，但她用的是兒童教育節目的角色周邊商品，那她肯定有一個在看這個節目的孩子。那麼，為了方便稱呼，我們以後就叫那名女子為『健走媽媽』吧。」

「這名字取得好，健走媽媽。」就像岩田老師喜歡的《妙廚老爹》一樣，她頓時這麼想道。

「這樣的話，這個事件的謎團就集中在三個問題上。第一，為什麼健走媽媽明明目擊了整個事件過程，卻連救護車都沒叫就離開了現場？第二，為什麼健走媽媽在事件發生後始終沒有出面？還有，第三個。」

楓已經猜到了下一個將要出現的問題會是什麼。

「為什麼除了楓以外，沒有人記得健走媽媽的事？」

「對，這就是最奇怪的地方。」

「那我就來問問妳吧。」

來了。「楓，根據以上材料，妳會編織出怎樣的故事呢？」

（我想想——）

楓急忙翻開筆記本。「我想到的故事有兩個。首先是故事一，健走媽媽其實是殺傷人逃跑的那個男人的妻子或女朋友。她為了保護罪犯，所以才從現場逃跑，並且至今沒有出面。」

「這樣啊。」爺爺說：「乍看之下，這個故事似乎合情合理。但這樣無法解釋第三個謎團。為什麼其他人都說，沒見過健走媽媽呢？」

楓不知該如何回答。那麼，接下來這個故事如何呢？

「故事二。」楓開始說出第二個故事，她對這個故事比較有信心。

「岩田老師只有在每週六早上去練跑。換句話說，他只有在週六早上會在散步道上看到健走媽媽。代表健走媽媽也只有在週六早上會出來健走，並非每天都出現。所以嚴格說起來，健走媽媽並非真正的健走媽媽，只是一個臨時健走媽媽。」

一瞬間，楓感覺爺爺的目光似乎變得銳利了。「然後呢？」

「我們第一次見面，還有事件發生的那一天，都是在星期六，這個事實證明我剛才的推論。遛狗的老夫妻和穿著立領運動夾克的年輕人，不記得這個人也是無可厚非。對他們來說，她最多只是一個一週見一次，讓人留不住什麼印象的存在。」

「不錯喔，繼續說。」爺爺這句話給了楓一些勇氣，於是她接著說下去。

「那麼，為什麼健走媽媽會從事發現場消失呢？真相有時候是比想像中無趣很多。簡單說，她可能只是不想被捲入麻煩而已。」

「給妳七十五分。」爺爺說道。

「妳所說的健走媽媽正確來說並不是健走媽媽，這個觀點非常好。但這個故事依然缺乏說服力。因為——」爺爺停下來，端起茶几上的咖啡啜了一口。

「要說每週只會見到一次，從老夫妻他們的角度來看，岩田老師其實和健走媽媽是相同的。然而他們卻能夠清楚認出岩田老師。對於那些每天都在散步或是跑步的人來說，即使是每週只見一次的人，他們也會倍感親切。再來，妳對於健走媽媽為什麼要離開現場的理由，未免也太簡單。不論目睹的事件本身是否重大，都會有一部分人不想捲入糾紛中，這是可以理解的。但是，怎麼說呢，畢竟事關人命，至少幫忙叫個救護車，並把事情經過告訴救護人員，這不為過吧。」

這麼一說，的確也沒錯。楓和健走媽媽只交談過幾句，但也看得出她絕不是那種怕生內向的類型，反而是一名十分友善且活潑的女性。也正因為如此，她竟然就那樣直接離開現場，這一點讓人感到非常不自然。

「總括來說，無論是第一個還是第二個故事，都存在矛盾。也就是說……」

爺爺舉起他修長的食指。「除此以外，還存在了另一個真實的故事——也就是故事X。」

幾天前還吹個不停的強風已經停了，從窗口灑入的冬日陽光，照亮了爺爺端正的側臉。簡直就像是劇場的布幕拉起一般。與此同時，爺爺說出了那句話。

「楓，能給我一支菸嗎？」

「我看到了畫面。」

香菸頭的火花嗞嗞作響，爺爺吸了一口紫色的煙霧後說：「暫時擱置這個健走媽媽話題吧，我想先從河岸的傷害事件開始研究。雖然這完全是我的想像——中年男子和被殺傷的年輕人，有可能是在毒品交易中發生爭執。考慮到年輕人的隨身物品中並未發現毒品，所以有可能中年男子是毒販，而年輕人是客戶。」

（毒品——）面對這個出人意料的詞，楓驚訝得說不出話。

「那個年輕人是吸毒者嗎？」

「回想一下，岩田當時照顧那名年輕人的情景。他的脖子都被汗水濕透了，即使是冬天，他也流了異常多的汗——這是吸毒者特有的症狀之一。」

「嗯，我也聽說過這種症狀。但是在那麼開放的地方公然進行毒品交易，不覺得有點怪怪的嗎？」

「那正是他們的目的。大河的橋墩陰影下，可說是最佳的交易地點。方便約見面，視野開闊，如果有危險人物出現，也容易逃脫——正是所謂的燈籠照遠不照近。對了，最近不是有報導說，有人在T河的河岸上公然種植大麻嗎？這次事情剛發生警察就出現了，我認為並非巧合。警方或許已經聽到橋墩附近毒品交易的傳言，所以才會過來巡邏。警方也不是傻子。雖然他們把岩田當作嫌疑人，但他們一定也保留了毒品交易這條線索。」

這個解釋讓人信服，這說明了為何沒人報警，警察卻突然現身的疑問。

「那麼在這個假設之上，再來思考健走媽媽的真實身分。」

（終於要進入正題了！）為了不漏聽任何一個字，楓把身體稍稍前傾。

「我剛剛應該有說過，這次事件的最大關鍵是，健走女子手中拿的東西。」

「就是那條鮮豔的毛巾吧。」

「可說是對，也可說是錯。真正重要的是，毛巾裡藏著的東西。」

「咦？」

爺爺肯定地說：「裡面裝的不是礦泉水也不是運動飲料，而是罐裝啤酒或燒酒蘇打。她是一個酒精成癮症患者。換言之，在這次事件中，毒品成癮和酒精成癮，混雜了這兩種成癮者。」

「怎麼可能……她看起來非常……」

「妳要說她看起來不像那樣的人嗎？那麼請回想一下，妳第一次見到她，她在和岩田老師說話的時候，是不是用雙手掩住了嘴巴？」

（啊——）楓忍不住在內心喊出聲。

「想想看，她為什麼需要特意用雙手來掩住嘴巴呢？原因只有一個，就是為了避免被聞到酒味。我實在不想這麼說，但是楓妳應該要能推測出這一點的。」爺爺露出了一絲頑皮的笑容。

「楓在練跑時，不是大口喝啤酒喝得很開心嗎？那妳當然應該要想到酒精的可能性。」

天啊，這真的是太丟臉了，楓記得自己還喝掉了兩罐啤酒。但是她決定抗辯。

「那她走路為什麼還那麼穩重有力呢？還有她為什麼要把手肘擺成直角，擺動著雙手大步前進呢？」

「可能只是在岩田老師面前特別努力吧，說不定她對他多少有些好感。」

「那麼……那對遛狗的夫妻和穿立領運動夾克的年輕人——」

「當然，他們應該是知道她的。但他們認識的並不是健康的健走媽媽，而是時不時腳步蹣跚，在散步道上晃蕩的酒精中毒女子。附近商店街的人們也是一樣，他們就算認識街坊鄰居都熟悉的這名女酒鬼，但他們不會知道她就是健走媽媽。」

「但如果是那樣的話……」楓提出了剩下的疑問。

「為什麼她目擊了整件事情的經過，卻沒有叫救護車，還離開了現場呢？」

「當然，她有不得不這麼做的原因。」爺爺再次點燃了高樂斯菸。

「那名女子正在離婚調解中，或是她剛離婚，並且正在和孩子的父親爭監護權。爭議的焦點自然是她的酒癮。只要她不戒酒，就會失去監護權。所以她每週六早上都會去戒酒門診。」

「原來如此。那我就能理解，為什麼她會在週六上午開始活動了。」

「事發當天她也是剛從醫院回來，可能是回家一趟後準備去接孩子。但是在車站前的便利商店之類的地方，不由自主地又買了酒，那天她也是邊喝邊走。酒精成癮是一種可怕的疾病，連短短十分鐘的回家路程都等不及。接著，她就目擊整起案件——」

「萬一涉入這類刑事案件，她喝酒的事可能就會曝光了。而且我認為還有另一個原因，讓她無法出面。事情發生後，下了一場大雨，這點很重要。雖說這只是我個人的猜測——她在趕回家後，可能在喝了酒的情況下，還是開車去接孩子了，這就是酒駕了。這樣一來，她更不能去警局作證了。」

的確，這只是猜測。但是如果不是有酒駕曝光的風險，否則正常情況下應該會出面吧。

「那麼，爺爺。」楓提出了最關鍵的問題。「我們該怎麼找到她呢？」

爺爺說，很簡單啊。「找距離最靠近河岸的車站三到四站以內的醫院，而且是有戒酒門診的醫院。她是搭車去的，所以那裡可能沒有停車場。換句話說，極有可能是一間小診所。」

爺爺戀戀不捨地吐出最後一口煙。「這個週六的上午，她肯定會在那裡。」

就在這時，高樂斯菸的火熄滅了。

「我能看到，在候診室裡的她。」爺爺說道。「她的臉看起來很和藹，有點像香苗。對她來說，孩子是生活的意義，是她人生的全部。然後她想到了岩田，良心的譴責令她痛苦得心都快爆開。」

真是難得的好天氣。楓拉起爺爺的手，像某天那樣並排坐在檐廊。

「楓，妳看那裡。」爺爺抬頭指著西邊，冬日晴朗的天空。

「那裡有三朵雲，用那些雲來創作一個故事吧。」

與以往不同的是，那裡連一朵雲都沒有。但楓還是開始講故事。

「最左邊的是年輕時的爺爺，中間的是年輕時的爸爸，然後最右邊的是年輕時的媽媽。」

她講故事時吸入的空氣，變成了冷冷的悲傷，呼出的氣變成了白色的悲傷。然後，她萬分後悔選擇了父母作為故事主角。

8

週末的夜晚——四季說要慶祝，於是楓來到家庭式連鎖餐廳。

「抱歉這麼突然約妳，因為我兼職的工作突然取消了。來乾杯吧。」看來四季已經喝了幾杯啤酒。帶點紅潤的臉頰，讓他比實際的年齡，看起來更像小孩。

「夜色不深，他也同樣涉世未深。」楓腦中掠過了推理小說史上最有名的開頭——《幻影女子》的一節。

「還好學長沒事。多虧妳在診所找到那名女子，而她也願意作證，原本重傷昏迷的年輕人也恢復意識，同意接受調查。」

正如爺爺所說的，事情果然與毒品有關。岩田預計將在週一早上獲釋。

「所以呢，楓老師。」四季忽然語氣有些生硬地說道：「今天我有一個禮物想送給妳。」

「因為妳的名字是楓，所以生日應該是在深秋吧。雖然晚了很多，好歹還是一份禮物。」

四季將一本沒有包裝的書隨意放在了桌上。楓沒有跟他說過，爺爺在她小學畢業典禮上就是送她這本書，那是羅伯特．F．楊的科幻短篇集《蒲公英女孩》。

所以，這真的是個巧合。「我唯一喜歡的翻譯小說就是這本。一個有著蒲公英髮色的小女孩，不怕自己變成孓然一身，跨越時空去見她心愛的男孩。我想妳一定知道這本書，但因為新的譯本剛出來，希望妳會喜歡。裝幀和封面都很棒吧。」

看到這本熟悉的書名，楓原本以為自己會很開心，但不知為何，眼角卻感到一陣熱意。楓道謝之後，以微帶顫抖的聲音問了四季一個問題。

「四季，你覺得世界上最悲哀的四字成語是什麼？」

「什麼？」可能是被這突如其來的問題嚇到，四季撥頭髮的動作停在空中。

「我覺得是孓然一身。」

我停不下來了。「如果說，」有如河水決堤一般，話和情感不斷湧出。「失去爺爺的話，我從此就是孓然一身了。」

「少來了。」四季笑得有點僵硬。「妳不是和妳媽媽輪流照顧妳爺爺嗎？」

「不是的，那只是爺爺他自己這麼認為而已。」

不能哭，我要忍住。「母親結婚時，她已經懷了我。她本來預定要挺著大肚子，在小森林裡的教堂舉行婚禮。」

「預定？」

「對。但就在爺爺挽著我母親手臂推開教堂門，準備踏上婚禮紅毯的那一刻，一個手持利刃的男人突然從樹蔭中衝出來——他大喊說，為什麼要拋棄我，然後把刀刺進了我母親的胸口，接著就逃走了。」

不知從何時開始，冰冷的雨開始打濕窗戶。

「婚紗在瞬間被染紅。爺爺抱著母親，茫然坐在原地——母親在一星期後去世了，但奇蹟的是，還在母親肚子裡的我卻活了下來。」

四季靜靜坐著，一語不發。

「我上中學時，父親因為癌症去世——所有這些事，我都是在他去世前才聽他說的。從那以後，我就開始害怕男人，也不敢再穿白色的衣服。」

在桌子的角落，可以看到穿著白色禮服的蒲公英女孩封面插圖。

「爺爺得了失智症後，他不僅會看到母親的幻視，還多次在幻視中看到血淋淋的我，但那個幻視不是我——是年輕時的母親。但我實在無法告訴他這些。」

真的不行了，視線因為淚水開始模糊。

「對不起，四季。這些事又跟你沒關係。」

「不，請妳繼續說下去。」四季依然神色嚴肅，他交握著修長的手指，手肘擱在桌子上。

「該從哪裡說起呢？對了……我頂撞過我最愛的爺爺兩次。第一次是在父親的癌症復發後，就在他去世之前。」楓首次向他人打開了一直藏在她心中的祕密。

那天也下著冰冷的雨。穿著制服的楓，在父親滿是藥物味的病房裡。

「是嗎？我都忘了。妳快要十五歲了，已經差不多是大人了。」連這麼一件小事都會讓父親淚涔涔。他之前挺過了癌症第四期，所以復發時就已經有了心理準備，當時那個時代就是那樣。

「妳的生日禮物想要什麼？」病床上父親瘦弱的身體上插著許多管子，可能是止痛藥起了作用，他的聲音比平常要有朝氣。

本來想說自己什麼都不需要，只希望爸爸能恢復健康——但腦中突然閃過一個想法，希望至少能讓父親活到自己的生日，於是硬是要求了一條名牌格紋圍巾。

「這個簡單。」父親答應後，有如下定了什麼決心般轉向靠在床頭的楓。「除了這個，還有一些事我必須趁現在告訴妳。」

父親咳了一聲，然後繼續說：「是關於妳母親因病去世這件事。我知道這會造成妳的心理壓力，但我不能一直隱瞞下去。因為這件事遲早會以某種方式傳到妳的耳裡。」

父親就從他和母親相識開始講起。講到父親身為病人，和在癌症病房擔任護士的母親如何相識。講到爺爺原本對他們的未來很悲觀，因此極力反對他們結婚。

接著又講到在婚禮當天，母親遭到變態跟蹤狂殺害。講到凶手還沒抓到，仍然在逃。講到母親在急診病房稍微恢復意識時，無法說話，但用嘴巴無聲說出「寶寶」兩個字。還有母親去世前，爺爺每天都在碑文谷的鎮守神神社百次參拜。

楓等到淚水停下後才問父親：「什麼是百次參拜？」

「就是對神明祈求一百次的意思。岳父……不，應該說是妳爺爺，他是偷偷做這件事，但是被附近鄰居發現了。」

即使是正在讀中學的楓，也覺得那個注重邏輯的爺爺竟會這麼迷信，實在令人意外。正因為如此，爺爺的這種行為更讓人感到心疼。

（但是，既然如此……）楓開始感到有些生氣，於是開口問了一個不需要問的問題。也許她只是想轉移注意力，不去想父親的病情，只想遷怒於爺爺。

「為什麼爺爺只重視媽媽？為什麼爺爺從來不來探視爸爸的病？是因為沒有血緣關係嗎？還是因為他反對你們的婚姻？還是說……」她停不下來。

「還是說……因為已經放棄了？看到瘦弱的爸爸讓他感到害怕？」

「楓，別再說了。」父親那天以最大的聲音斥責了楓。

「我絕對不准妳說爺爺的壞話，這個話題到此為止。」

「可是……」

「爸爸現在有點累，可以先讓我睡一會兒嗎？我會請爺爺幫妳買那條圍巾的。當然，錢會由我……」

「我才不需要圍巾！」楓衝出了病房。

那天深夜，雨終於停了，爺爺也終於回到了家裡。就像是在等他一樣，楓在門口就對他發起了脾氣。

「爺爺，你太過分了！」

「什麼事？怎麼突然生氣？」

「為什麼你都不去探望爸爸？我知道你作為校長很忙。但你這樣還是太過分了。對你來說，說不定爸爸只是個外人，但是對我來說，他是我唯一的爸爸。明明就沒什麼時間了……都沒什麼時間了！」

爺爺站在門口，茫然不知所措。楓不管他，跑上了二樓，趴在書桌上大哭。這是她第一次對她所愛的爺爺大小聲。

數日後，接到醫生告知接下來兩、三天將是最關鍵時刻的那天傍晚。

楓的淚水早已流盡。為了避開爺爺，從學校回家時，楓故意選了一條比較遠，平常不會走的路。左手邊是本地的消防隊大樓，楓沿著緩坡向上走。右邊是一排排老房子，左邊可以看到八幡宮繁茂的樹木。這樣的景色和空氣，彷彿時間已經在很久以前就停止。

楓記得小時候，有好幾次爸爸牽著她的手，走過這個坡道。過去與現在的風景，在楓的腦海中疊在一起，兩者並無不同。

唯一改變的就是視線稍微提高了一點，還有——爸爸不在身邊了。

楓走上坡道頂端，樹木就像打開的門一樣豁然開朗，一根刻有「氏子中」的石柱立在那裡。那裡相當於鎮守神神社的背面。

楓不經意向裡面瞥了一眼，爺爺穿著骯髒的白襯衫在那裡。他在鳥居和拜殿前面來回走動，一次又一次。他用力踩著石板路，堅持走下去。從他堅定頑強的步伐中，楓看到了他對世界的不公和對自己無力的憤怒。

楓躲在樹蔭後，對於曾經對爺爺大小聲的自己深感羞恥。爺爺犧牲了探病的時間，一直在這裡百次參拜。從父親那裡聽到這個消息後，楓自己也去查了，原來百次參拜的意義在於積累「隱德」，重要的是要在不為人知之下進行。

楓從樹蔭後悄悄探出頭，再次偷看爺爺的模樣。即使從遠處看，也看得出他的面孔充滿憤怒之色。

「王八蛋。」爺爺一次又一次，用力說出這句不像是他會說的話。

「王八蛋。」爺爺一邊生氣，一邊哭泣。比醫生的預測還要早了一點，父親在那天深夜去世了。

楓嚇了一跳。洪亮的喇叭聲從店外傳來，瞬間將楓拉回現實。但四季一直低著頭，一動也不動。

「自從聽到母親的事後，我開始無法閱讀自己曾經熱愛的推理小說——到我能重新拿起書本，大概花了三年的時間吧。」不，是整整四年。

「有一次，我突然意識到，原來，正因為是虛構的世界，推理小說才會如此美麗。而且……當我重新開始閱讀後，我開始想，或許可以把我母親的事也當作是虛構世界中發生的事。可以說這是逃避現實，可以說這樣的心態很扭曲。但是……」

只要編織，一切都是故事。

世間發生的萬事皆是故事。

正因為是「虛構」，所以美麗。

無論是現實世界，還是推理小說、科幻小說——還有，戲劇。

「但我覺得四季你一定能理解我……我有點這種感覺。」

不知道他是否在聽，四季一直默默低著頭。但是楓也不管，繼續說下去。

楓第二次頂撞爺爺是最近發生的事。她鼓起勇氣，決定說出之前一直在考慮的一件事。

「爺爺……我有件事想和你商量。」

「什麼事？」

「你要不要考慮一下，搬來跟我一起住呢？附近有不錯的房子，我們可以搬到更大一點的公寓。」

爺爺以溫和的語氣表示，他謝謝楓的好意，但意思明顯是拒絕的。

「要是搬離這裡，我就不是『碑文谷』了啊。」

「就因為這個原因——」

「我已經說過很多次了。第八代桂文樂就是『黑門町』，林家彥六就是『稻荷町』——」

「小爺是『目白』，志早是『矢來町』，對不對？」

爺爺臉上瞬間掠過一絲驚訝神色。片刻的尷尬沉默籠罩了整個書房。因為爺爺一直以來的口頭禪，那些從未見過的昭和時代落語大師的名字和別號，自然而然印在楓的腦海裡。

比這更重要的是，楓堅決地回嘴，讓爺爺感到驚訝，甚至看起來有點受傷。楓硬起心腸，不顧一切繼續說下去。

「但是爺爺……無論被別人怎麼稱呼，那些都不重要不是嗎？」

她差點就脫口說出，反正你整天都只待在家裡啊，但在最後一刻她還是嚥回了那句話。

「我很擔心你。我希望你能在我看得見的地方，和我一起生活。」

「──對不起，楓。」

不知是因為必須正面拒絕孫女好心的提議，讓他感到難過，或者是下面要說的話，讓他開始感到有一絲絲的開心呢，爺爺露出了複雜的表情。

「對不起，但我真的很喜歡碑文谷這個地方。我喜歡幼稚園孩子的聲音。我喜歡從公園的竹林飛過來的麻雀，喜歡從神社飄來的櫻花瓣。我喜歡那個雖小但是有許多昆蟲的庭院。雖然一年比一年淡，但我喜歡這個房子裡有我妻子的餘香。雖然我努力想要見到她，但不知為何，我妻子的幻視卻很少出現。我們的兒子——也就是楓的爸爸，是我最好的酒友，他也從來沒有出現過。但是這個房子裡，有我兒子種的小櫻花樹，有我妻子用過的筆筒，有縫紉機，有我妻子的梳妝台，而現在是楓妳在使用它。只要看著那個背影，我就感到無限的幸福。」

楓被爺爺的話深深觸動了，這是她第一次聽到，爺爺在等待奶奶和爸爸的幻視出現。即便如此，楓還是堅持問道：「那麼爺爺，我不能在這個家裡和你一起住嗎？」

「楓，妳應該在自己的公寓裡生活。」爺爺像當年的父親一樣，認真地一口回絕了。

「老人不應該占據年輕人寶貴的時間。幸運的是，香苗每天都會來看我。當我哪天真的不能動了，或者我的心累了，到時我會進入療養院。這些我都已經安排好了，妳不用擔心。」

然後，爺爺露出了以前應該會被稱之為「萬人迷」的溫柔微笑。

「抱歉拉拉雜雜說了一堆，我說完了。」楓試圖以輕鬆的口吻結束這段話。

這時，一直沉默聽著的四季開口低沉說道：「好像什麼無聊的翻譯小說喔。」

「什麼？」

四季一直低著頭，他的臉被長髮完全遮住，無法看清。但是，餐桌上有一顆，又一顆的東西滴下。在短暫的片刻裡，四季看向了被雨敲打的窗戶。然後，他又低下了頭，用雙手粗魯地揉了揉眼睛。

「對不起，我什麼都不知道。」

「沒關係。」

「輕易就用了『孑然一身』這樣的詞。」

「沒事的。」

「直到最近我才知道岩田學長沒有父母兄弟姊妹。」四季的聲音也開始顫抖。

「我一直只會靠爸靠媽。」四季吸鼻涕的聲音，迴響在沒什麼人的店內。

「打工也總是請假，只顧著演戲。」
「有什麼關係。演戲時的四季真的很帥氣喔。」
「楓老師，我問妳。」四季突然抬起頭看著楓。
「妳還記得《蒲公英女孩》的經典台詞嗎？」
「當然記得。」
「前天我看到了一隻兔子。」
「昨天我看到了一頭鹿。」
「然後——」楓與四季對視，同時說出下一句台詞。
「今天我看到了你。」
短暫沉默後，楓與四季的目光再次交錯，相視而笑。或許，換一個場景，兩人也可能哭得不能自已。
四季喃喃說道，「本來打算今天不說的」，聲音小到幾乎聽不見。
「楓老師，不是從前天、昨天或今天，從第一次見到妳開始，我就一直喜歡著妳了。」

終章／跟蹤狂之謎

1

不是單獨一人
兩人合而為一
但現在還是一個人
好想早日成為兩個人
只是想著這些
一天就這麼過去了

無罪釋放慶祝會，還有岩田的班級在馬拉松大賽的勝利慶祝會，就在家裡舉行，這個提議是岩田自己提的。

「這種事通常都是其他人來安排的吧。」

面對四季的吐槽，岩田以「煩死了」一句話回應，同時將第一道菜盛盤，送到窄小起居室的矮桌上。

（果然還是三個人在一起比較好。）楓稍微鬆了一口氣。

那個突然的告白之夜，四季說自己並不是要求交往，只是想表達這份感情。即便如此，兩人獨處的氣氛還是令人尷尬。儘管圍著同一張矮桌，但今天楓完全沒有直視過四季的眼睛。四季似乎也注意到這一點，不敢與楓對視，選擇喝酒逃避。

不過岩田看起來根本沒注意到這些事，他得意洋洋地說，要想煮出好吃的紅燒肉，是有訣竅的。

「關鍵是汆燙時要用洗米水，這樣可以去腥。」不擅做菜的楓，只能表示讚賞。四季看著冒著熱氣的紅燒豬肉，瞪大了眼睛。

「這個……不就是還沒吃就知道絕對好吃的那種食物嗎？」

「對吧？另外還有一個訣竅就是……」

就在他喋喋不休自誇廚藝的時候，楓再次悄悄環視了岩田的房間。要說沒興趣，那肯定是騙人的。畢竟這是楓第一次踏入單身男性的房間。

距離京急線的井土谷站步行大概要二十分鐘吧。應該有五十年歷史的木造公寓，鐵製梯階承受著三個人的體重發出了悲鳴。岩田有些得意地說，自己本來想搬去更寬敞更乾淨的地方，但房東阿姨就是不肯讓自己走。

楓將目光轉向斑駁的牆壁，看見幾張集體簽名板，被整整齊齊地貼成一排。

「感謝石頭老師，二年一班敬上」，楓知道岩田本人非常喜歡從「岩」字衍生而來的這個綽號。

「石頭老師！奮鬥！早日交到女朋友！五年四班敬上」，學生們的押韻短句令人莞爾。

「最愛石頭老師了，一年三班」，以黑色筆寫下的文字為中心，學生們略帶稚氣的簽名，像同心圓一樣向外擴散。

楓也有班級小朋友們寫給她的簽名板。那是哈利他們送給她的一輩子珍藏，因為只有一張。代表能收到這麼多份簽名板的岩田，在學校裡的人氣很高。

這時她看到角落裡的一張簽名板，注意到這張有點不太一樣。只有這張紙是泛黃的，年代明顯比較久遠。而且，中央的字跡比一般小學生的字工整得多。當她發現原因後，楓對自己無意識盯著簽名板看的行為，感到一絲悔意。

「恭喜石頭哥哥考上大學！朝夢想前進！」下方的文字應該是岩田出身的育幼

院名稱。

「煎餃內餡的高麗菜和韭菜，要像這樣不要切得太碎，口感才會好。然後關鍵的一步是要加入味噌……」

「學長，不好玩，不想聽。快點讓我們吃吧。」

岩田還在繼續吹噓他的煎餃祕方。紅燒肉和煎餃，這種「肉加肉」的組合一看就覺得是男人會做出來的菜，不過這點也很令人期待。

爺爺總說，看書架就能了解一個人。儘管覺得有些不妥，楓的目光還是移到了充當書架的收納箱上。那裡擺著全套《妙廚老爹》，以及書頁間密密麻麻夾滿頁籤的教師資格考試參考書。楓非常能夠理解這種無法捨棄的感覺。

（他肯定經歷了我所無法想像的艱辛吧。）

旁邊的收納箱裡，刻意似地整齊排列著電影《復仇者聯盟》系列（*The Avengers*）、《玩命關頭》系列（*Fast & Furious*）以及《終結者》系列（*Terminator*）的ＤＶＤ。

可能是察覺到楓的視線，終於可以開始吃飯的四季突然停下了筷子讚嘆道：

「哇，岩田電影院……收藏挺豐富的嘛。」

「你這話什麼意思？」

「不是啊，就是看到這麼多一看就知道是動作片的影片排成一列，某種意義上來說真是壯觀啊。」

「你是在嘲笑我嗎？」岩田帶著顯然被冒犯的神情瞪著四季。

「你聽好了，所謂電影，就應該砰的一聲開始，然後乒乒乓乓的戰鬥，最後轟的一聲結束，那才叫爽快。」

「你的擬聲詞太多，而且眼界太狹隘。」

岩田不甘示弱地反駁：「推理片不也是這樣嗎？就是要在結局瀟灑解決，所以才會好看吧？」

「不，其實並不盡然。在推理的世界中，有一種類型是沒有結局的，叫做謎題故事。」

有一瞬間，楓感覺四季似乎看了她一眼。謎題故事這類特殊風格的故事，將結局留給讀者想像，如果結尾收得不好，就會給人一種斷尾蜻蜓的印象，對作者來說是相當難寫的一種類型。

話說回來，斷尾蜻蜓是怎樣一種蜻蜓呢？

（不能只靠想像，等會兒在手機上查查看。）

就在她糾結於這些無關緊要的事情時，四季又開始了他的長篇大論。「雖然我討厭翻譯作品，但在談到謎題故事時，絕不能不提到史達柯頓（Frank R. Stockton）的《美女還是老虎》（*The Lady, or the Tiger?*）。這部不是推理作品，而是十九世紀（一八八二年）的古典文學，所以我想就算劇透應該也無妨吧——如果學長不想聽的話，我就不說了。去多煎一些煎餃吧。」

「幹麼這樣，告訴我那是什麼故事啦。」岩田站起來走向廚房，說道：「好啦，餃子我還是會煎的。」

「那我就一口氣劇透講到故事的結尾吧。」為了讓岩田也能聽見，四季用比平常大聲些的男中音，開始講起故事。

「很久很久以前，國王的獨生女和一個青年愛上彼此，但這樣的愛情在這個國家是不被允許的。這件事讓國王知道了，於是青年就被送上了恐怖的審判台。在人山人海的競技場中——那裡有兩扇門，青年必須打開其中一扇。其中一扇門後面，是這個國家最美的女子，如果他選擇這扇門，他的罪將被赦免，並可以迎娶那名女子為妻。但另一扇門後面，則是這個國家最凶猛、最飢餓的老虎在等著他。青年用哀求的眼神悄悄看向觀眾席中的公主。是的……公主知道答案。」

「還滿有趣的嘛，然後呢？」大概是幫煎餃倒了水——鍋裡發出令人垂涎三尺的聲響。

「公主十分為難，內心掙扎痛苦。當然她不希望自己的愛人被老虎吃掉。然而，她也無法忍受他和比自己更美的女人結婚。在想了又想之後，公主終於做出了決定。她用隱密的手勢，悄悄指向了其中一扇門。請猜猜看——」

四季停頓了一下，然後接著說：「走出來的會是美女呢？還是老虎呢？這部作品把這個問題留給讀者，就此結束了。」

「啊？這就是你所謂的劇透嗎？」岩田歪著腦袋，把追加的煎餃略略粗暴地用鍋鏟盛到盤子上。

「什麼啦，真讓人不舒服……就這樣不明不白地結束了嗎？而且哪來的劇透啊，因為根本就無劇可透嘛。」

「就是因為這樣才有趣啊。你不覺得這種手法很有意思嗎？」四季把話題轉向了楓，但還是沒有看她。

「楓老師應該知道這個故事，在之後的推理小說中產生了許多變體吧。」

「沒有，我其實不太清楚。我只知道傑克・莫菲特（Jack Moffitt）的《是美女還是老虎還是其他》（*The Lady and the Tiger*）這個。」

對日本作家很熟悉的四季接著補充道：「還有……加田伶太郎❶的〈美女還是西瓜？〉（女か西瓜か？）喔。」

「那是什麼選擇啊？西瓜？那一點都不恐怖啊。」

---

❶加田伶太郎：本名福永武彥。除純文學之外，對於歐美推理小說造詣極高。以船田學名義寫科幻小說，以加田伶太郎名義寫推理小說。

「還有生島治郎❷的〈男人還是熊？〉（男か？熊か？）呢。」

「無論出現哪一個都不好吧。」

「有意見就等你讀過後再說吧。」四季意外說了一句中肯的話。

「這些後續作品都是公認的名作，這更說明了原作《美女還是老虎》的謎題多麼具有吸引力。是公主的愛情會占上風，還是她的嫉妒心會更勝一籌——是美女？還是老虎呢？你不覺得想得越多，就越叫人不敢肯定嗎？」

「不，按正常思考，不用一秒就能猜到答案。」

「啊？」

「我可以肯定地說，青年選擇的那扇門，從裡面走出來的會是美女。」

「啊？為什麼你可以這麼肯定？你的根據是什麼？」四季的臉上寫著，反正你一定又會給出一個蠢理由。

「你打一開始就認定我是一個不會用邏輯思考的人對吧？」岩田啪的一聲打開了罐裝燒酒蘇打，接著說，那我來解釋一下吧。

「首先，我想確認一點。競技場內人山人海，對吧？」

「是的。我記得作品中有這樣的描述，那些進不去的群眾都擠在競技場外面。」

「那麼，他們知道為什麼這位青年要接受審判的原因吧？」

「當然。他們就是來看這名青年和公主之間愛情的悲劇下場。」

「如果是這樣……那麼從門後走出來的一定是美女。」

「所以我就問，為什麼你會這麼確定？」

「別急，你聽我說。首先，我們好好想想公主的心理狀態，只把她限定在愛情或嫉妒的二選一是錯誤的。人類的心理並不是那麼簡單的。我確信還有另一種選擇。」

「那是什麼呢？」

岩田的眼神有些陰沉地回答：「那就是自保。」喝了一大口燒酒蘇打後，他繼續說道。

❷生島治郎：本名小泉太郎。以塑造日本推理小說的硬漢人物而著稱。

「決定的時刻來臨了。觀眾們不僅關注著那位青年，他們一定也以好奇的目光觀察著公主，畢竟她也是當事人之一。青年偷偷看向公主，而公主經過一番內心掙扎後，悄悄用手指向其中一扇門——但是你想，肯定會有人注意到這個動作的，因為公主她自己也在觀眾席中。」

「原來如此，我明白了。」四季看來已經理解了其中的含意。他晴著大拇指，露出一抹有如在稱讚岩田般的微笑。

「就像是捕手會根據打者的動作去考慮怎麼配球一樣，這就是學長你獨有的觀點啊。」

但是楓仍然不太明白岩田想說什麼，而且她還有一個疑問。

「等一下，岩田老師。我記得網路上應該有完整的譯本……」楓迅速操作手機，然後說：「果然沒錯。」

「在《美女還是老虎》上面清楚寫著，除了那名青年外，沒有其他人看到。所有人的目光都集中在競技場中的青年身上。——根據作者史達柯頓自己所寫的，觀眾們都只看著青年，根本沒有人注意到公主的手勢啊。」

「不，那妳就錯了。」出人意料地，開口的是四季。四季搖晃著只剩下一個冰塊的高球杯，發出喀啦喀啦的聲響。溶化得只剩小小一粒的冰塊，有如困在競技場中進退維谷的青年。

「假設真如史達柯頓所說的，所有人的目光都集中在競技場的青年身上，那麼觀眾們，更應該在青年悄悄看向公主時，隨著他的目光看到公主在做什麼，難道不是嗎？」

四季慢慢將目光轉向冰桶，拿出一個冰塊放入杯中，然後露出一個既是風華絕代又像孩子般的笑容——「瞧，就像這樣。」

「你們兩位都隨著我的視線，看向冰桶對吧？人們通常會不自覺跟隨別人的視線。剛才楓老師看著那個收納箱時，我也不由自主地跟著看了過去。」四季指了指放著DVD的收納箱。

楓盡可能避免與四季的目光接觸，眼神散漫地望著他的前額一帶說：「嗯，從人類心理的角度來說，我可以接受。但是……既然如此，為什麼史達柯頓明知會產生矛盾，卻還是寫下『除了那名青年外，沒有其他人看到。所有人的目光都集中在競技場中的青年身上。』呢？嚴格來說，這不就等於在說謊嗎？」

「或許呢——」四季將他那如女子般纖細的手指靠在尖尖的下巴上，聲音中流露出罕見的興奮情緒。

「那可能不是敘述部分，而是公主的心理描繪。實際上，公主自己大概會是這麼想的，（應該沒有人會看到我的舉動）、（畢竟他們都在看著他）這是她心中的念頭，或者說是她的期望。所以那段話其實是為了誤導讀者，是史達柯頓邪惡的陷阱。他故意省略了應該寫在那段話之前，『公主此時確信』或者『公主此時打從心底希望』之類的句子。」

（難道說！）楓屏住了呼吸。

「敘事陷阱。」

「沒錯。假設史達柯頓是故意讓讀者將心理描繪誤讀為敘述部分——那麼《美女還是老虎》就不僅僅是一個簡單的謎題故事，它無疑是世界上第一個使用敘事陷阱的推理小說。如果將這部分視作心理描繪並仔細閱讀，就能得到唯一的答案。」

這種說法還真是頭一次聽說。謎題故事的鼻祖和代表作，十九世紀的古典小說

《美女還是老虎》，居然是一部設計了敘事陷阱的推理作品。

「──四季！」岩田焦急地提高音量。

「怎麼可以把我晾在一邊？我還沒解說完呢。」

「對不起，我不該插嘴的，學長請繼續。」

「那麼首先，我們都同意觀眾中一定會有人注意到公主的動作，關於這點沒問題吧？」

楓和四季點點頭，有如催促他繼續說下去。

「我認為注意到公主暗地裡的動作的觀眾不止一兩人，可能有數十人，甚至數百人。在這情況下，要是公主指向了後面有老虎的那扇門，青年因此被老虎吃掉，那會怎樣呢？觀眾看到了他們所期待的殘酷場面，可能一時之間會覺得滿足。但是……不久之後，民眾之間恐怕就會開始流傳這樣的流言蜚語。譬如『那個公主嫉妒得都發瘋了，竟然讓老虎吃掉了她的戀人！』，還有『我有看到她打暗號！』或是『我也看到了！』和『這女人怎麼會這麼殘忍啊！』之類的。」

四季附和說：「接下來肯定就要引發革命了吧。」

岩田一副深得我心貌，繼續說道。

「之前有提到公主是獨生女對吧，也就是說，將來必然會有某國的貴族或王子當她的駙馬，而她必然會登基為女王。身居這樣地位的女性，怎麼可能會做出讓自己的戀人被老虎吃掉的事呢？這會完全失去民心的。所謂的權貴，一定都會先想到保全自己。所以公主指向的，只可能後面是美女的那扇門。這就是……那個，叫什麼來著？絲襪克頓？」

「我就知道你一定會說錯，叫做史達柯頓。」

「對，就是那個史達柯頓安排好的結局。」

（哇……岩田老師，感覺有點像爺爺呢。）

不得不說，這個解釋有一定的——不，有相當大的說服力。《美女還是老虎》竟然是一部預先設定了真相的推理作品。然而，楓除了感到欽佩，她其實更掛心岩田在當中所說的一句話。

所謂的權貴，一定都會先想到保全自己。這句話中有一種奇特的陰暗，不像是岩田平常會說的話。或許過去大人為了自保，讓他受過不少委屈吧。

「哇，學長，我真是對你刮目相看啊。」四季故意放下筷子拍手鼓掌，然後補充說。

「公主根本不需要急著在這個場合讓老虎吃掉青年。等到他和美女結婚之後，那才真是只要用些『暗地裡的動作』，指示手下偷偷把他殺掉就行了。」

「我說你喔……」岩田一臉受不了的表情。「為什麼總要把事情往恐怖的方向解釋呢？誰會想看到青年被老虎吃掉的結局啦，一點都不爽快好嗎？」

「這本來就不是爽片啊……」

「推理迷就是這樣，麻煩死了。你們今天不准再談推理小說！多吃點！還有，去讀《妙廚老爹》啦！」

楓忍不住與四季對視，噗嗤笑出聲來。這是今天他們第一次四目相交。

可能是顧慮到楓要搭電車回家吧，沒加大蒜的煎餃讓楓感到十分窩心。當鹹淡適宜的毛豆，轉眼間被吃光時，楓能喝的低酒精飲料也沒了。

「我想差不多該告辭了。」正當楓打算站起來，岩田慌張地立刻先站了起來。

「再陪我們一會兒吧。四季，我們出去採購。」

「什麼？我也要去嗎？」儘管四季的語氣有些不情願，但他立刻就站起來，穿上外套。或許他是鬆了一口氣，能夠不用和楓單獨相處吧。

「那我再待一會兒好了，錢我等一下再付。」

「我請客——」岩田和四季同時說道。

他們兩個互相瞪著對方，一起走了出去，屋外很快地就傳來他們走下鐵製樓梯的聲音。一連串有節奏的聲音——兩人的步伐出奇的一致。

（不愧是投捕搭檔啊。）楓不自覺嘴角上揚，站起來準備去洗碗。

這時，她注意到放書的收納箱最下面一層，整個空間都只被拿來放一個東西，顯得特別的醒目。周邊一點灰塵都沒有，看來應該是最近才放上去的。三根交錯的袖珍球棒上面，小心翼翼地放著一顆球。

（對喔。這是當時四季在拘留所送給岩田的棒球。）這應該是岩田珍貴的寶物吧。雖然覺得不妥，楓的目光還是再次移向貼在牆角的那張陳舊的簽名板。

就在那一刻，她一直以來的疑問終於得到了解答。那個疑問就是，為什麼岩田老師每週六的早上，要花一小時搭電車去那條河岸跑步，並把這個當作例行公事。那裡確實是個適合跑步的地方。如果只是為了享受跑步，附近應該有很多更近的好地點才對。

現在，她終於知道了原因。不，應該說是她無意間知道的。簽名板上寫著育幼院名稱，開頭的地名，正是那片河岸附近的地址。

每個禮拜，岩田老師都會去他從小熟悉的那條河邊跑步，跑步結束後，就去車站的置物櫃拿出行李，然後去育幼院探望他的後輩們。

並且他很可能，不，他肯定會帶著自己做的甜點當伴手禮。他平常帶給我們吃的零食，應該就是多做剩下的吧。

楓將目光投向岩田掛在廚房水槽上的圍裙。一件縫線都鬆開了，幾乎可以用破破爛爛來形容的手工縫製舊圍裙，上面繡著「石頭哥哥」這幾個字。暱稱這種東西，是不會隨著年齡而改變的。至今院方工作人員和院童們很可能還是叫他「石頭哥哥」。

他並非孑然一身，岩田老師擁有「弟弟」和「妹妹」。而且，我也一樣。

而且……

而且……

可能是喝了酒的關係，她感覺自己的臉頰開始發燙。楓拿起只放了冰塊的杯子就口，讓溶化的冰水滑入喉嚨。就在這時，矮桌上的手機猛烈震動起來。

（是想問我要喝什麼吧。說實話這種時候，只要是酒都可以啦。）

看了一眼主畫面，顯示的是「公用電話」。應該是他們兩個其中一個吧，是忘記帶手機了嗎？楓一邊想著，打開了手機。

「要喝什麼牌子，就交給你決定。對不起，我不太懂。」

是岩田，還是四季？

是四季，還是岩田？

然而——對方並未回答，只是默不作聲。

（難道！）

酒意頓時全消，背上冒出一陣冷汗。她跑到窗邊，把窗簾悄悄拉開約五公分，偷偷觀察外面的情況。

〈喂喂。〉

這是她第一次聽到，「對方」的聲音。但是對方的聲音透過變聲器加工過，就像線上影片網站上經常可以聽到的那種機械化的聲音，無法分辨性別和年齡。

〈楓老師。〉

楓沒有回答，只是盯著公寓前方夜色中的單行道。不知為何，她有種直覺，對方就在這附近。

〈讓妳久等了。〉

到底在哪裡？寬度大概五公尺的道路上，沒什麼街燈，也沒有月光，可說幾乎是一片漆黑。不過，只有一個地方是亮的。

〈楓老師也等不及了吧。〉

大約百公尺遠的地方，有個小公園前面，那裡有一座電話亭，像海市蜃樓般朦朧地浮現。她記得曾看過新聞說，隨著手機的普及，公用電話亭行將絕跡。

現在在楓的眼中，那個電話亭，就像來自另一個世界的邪惡建築，也像是有著堅硬皮膚的史前大型生物。就在那裡！這幾個月來，幾乎每天都打無聲電話給她的人就在那裡。

〈喂，妳有在聽嗎？〉

對方的語氣突然變了。

〈不准無視我！〉

原來當機械式的聲音帶著怒氣，是那麼的可怕。

「那、那個……」楓不小心回應了他。

儘管岩田老師和四季都再三告誡過她，千萬不能回應。對不起，但自己實在不敢無視他。我會怕。

「我並不是無視你。只是我不知道你是誰，所以……」

〈妳說妳不知道我是誰？〉

對方一副不敢置信的語氣。「對。所以，我希望你能停止打這些電話……」

〈當心我殺了妳。〉

楓一時沒反應過來，他說的是什麼。

「對不起，你剛剛說……」

〈妳要是再說這種違心之論，當心我殺了妳。〉

楓感覺自己的心臟狂跳。

〈楓老師，妳在聽嗎？〉

「……在。」聲音因恐懼而沙啞。

拜託，岩田老師，四季，趕快回來。

〈所有準備已經就緒，所以請放心。今天只是要跟妳報告這個。〉

電話就在這裡掛斷了。從黑暗中的電話亭，模模糊糊的「某人」身影，有如故意般地慢慢出現，對著楓揮了揮手，然後再慢慢融入黑暗中。

那個樣子，就彷彿對方十分清楚，在這樣的距離和黑暗中，根本無法確認那人的身高體型，甚至是性別和年齡。

2

人們看到我會有什麼想法呢？
他們看到我的舉動會有什麼想法呢？
是不是覺得我很「沉重」？
但那只是那些人想太多
你應該會明白
我其實一點都不沉重

第二天下午，楓的腳步自然朝向爺爺家走去。在經過鎮守神神社的正面時，一陣強風捲過，搖得神社園內的樹木沙沙作響。

楓下意識地拉緊了黑色大衣的領子。一直以來感到的寒意，當然不全是因為春寒料峭。從車站走來的路上，她感到背後似乎有人跟蹤，忍不住多次回頭察看。

結果，「電話亭裡的人」那件事，她終究無法對岩田和四季說。部分是覺得他們會罵她為什麼要接聽電話。最重要的是，她實在不想破壞那難得的和諧氣氛。

除了不斷打來的無聲電話，感覺被人跟蹤的次數也在逐日增加。她也嘗試過一些對策。就像今天，為了方便隨時全速逃跑，她穿上了在馬拉松練跑時買的跑鞋。

雖然與大衣不搭，但在這種情況下，她也只能妥協。關於電話的問題，她也想過一些方法。既然對方是打公用電話或是隱藏來電顯示，那麼只需將這類電話設為拒接即可。

實際上，雖然只有幾天的時間，但這麼做確實讓她得到了暫時喘息的空間。現實問題是，身為負責三十多名學生的級任導師，她沒辦法一直這麼做。

必須透過學校聯絡班導，這樣的規定也只是徒具虛文而已。

不僅是來自家長的緊急諮詢——撥打者通常根本不會注意自己設定了隱藏來電顯示——萬一學生遇到意外，或者涉及霸凌問題，站在楓的立場，還是要保持通話順暢。

岩田曾經帶著她去附近的派出所問過。但結果就跟楓所預料的一樣，由於沒有具體的損害，而且完全無法確定對方是誰，警方最終的結論是無法採取任何行動。

楓不想讓人為她無謂地擔心，但還是有幾次向爺爺提起過這件事。她知道爺爺幾乎足不出戶，也知道他無法提供什麼具體幫助。但她還是覺得，每當爺爺柔聲告訴她不必擔心，她就會感到格外的安心。

「爺爺，我進來了。」

楓在玄關脫下鞋子，差點被門檻絆倒。她快步走向書房，從起居室傳來的湯匙攪拌聲，讓她心頭浮現不祥的想像。

（一定是身體不舒服了。）

進入起居室，看到資深女護理員「妹妹頭小姐」為茶杯裡的茶增加濃稠度，正勤奮地用湯匙攪拌。

「對不起……都過了妳的下班時間了。」妹妹頭小姐微笑表示沒關係，額頭上卻布滿大粒汗珠。

「反正我接下來沒班。比起這個，今天妳爺爺的狀況不太好。」果然是啊。由於他最近一直狀況良好，現在聽到這消息，令楓感到分外沮喪。

DLB病患，有時身體狀況的變化會非常極端。會在一天之內，不只是上午和下午的狀況差很多，甚至可能每個小時都像變了一個人。當帕金森氏症症狀嚴重時，會全身肌肉僵硬，甚至無法正常吞嚥。

有時食物或飲料會進入肺部而非食道，引發可能直接危及生命的誤吞性肺炎。聽力語言治療師為病患做發聲練習和喉部肌肉按摩等康復訓練，其目的也是為了預防這種情況發生。因此，平時無論吃什麼都能輕鬆入口的爺爺，如果只能喝添加了濃稠劑的茶，便意味著病情惡化。

向妹妹頭小姐道謝後，楓拿著茶杯，盡可能輕聲地敲了敲書房的門。

「爺爺……我可以進來嗎？」

房內隱約傳出一聲應答，既非肯定也非否定。楓強作笑容，打開了門。爺爺像平常一樣坐在躺椅上，但他的上半身明顯向右傾斜，這是比薩症候群（Pisa syndrome，ＰＳ）。

楓內心一陣沉重。「比薩症候群」正如其名，指的是半身大幅度傾斜的情況，就像比薩斜塔那樣。因為空間認知能力陡降，爺爺自以為他是直直坐著。

「我泡了熱茶，雖然有加濃稠劑。」爺爺面無表情地搖了搖頭，好像在說不需要。極端缺乏表情變化的「面具臉」，也是DLB患者的一個特徵。楓甚至不確定他是否認得出自己。

不過，雖然知道這會讓他擔心，楓還是把昨天發生的事都跟爺爺說了。因為楓覺得讓爺爺多用腦，對他來說是有益的。當楓談到《美女還是老虎》實際上是一個已經有答案的敘事陷阱推理作品的新理論時，感覺爺爺似乎微微笑了一下，但也許那只是她的錯覺。

（說到老虎——）楓回想起過去爺爺經歷嚴重幻視時，他曾一臉嚴肅地說有一隻藍色老虎闖入了他的書房。無疑的，爺爺確實是失智症患者。這項嚴酷的事實令楓眼前一陣暗淡。

有如要擺脫這些現實似的，楓的語調自然地加快了。當她提起電話亭裡那個人，不再只是打無聲電話，而是直接告訴她所有的準備都已就緒，這種讓人摸不著頭腦的話時，她似乎看到爺爺的眼中浮現怒火，但可能只是她的想像。談話中途爺爺似乎點了頭，但看起來也像是在打瞌睡。

（如果爺爺繼續這樣下去不見好轉，該怎麼辦呢？）

通常情況下，ＤＬＢ患者的病況不會急劇惡化。但是每個月、每週，甚至每天，病況反覆好好壞壞，難免會讓人感到悲觀。面對身體狀況不佳時的ＤＬＢ患者，會令身邊的人，有一種手中的沙子正在漸漸流失的焦慮感。因為病情可能會不可逆地急劇惡化，從此再也無法溝通。

隨著對講機響起，聽見了負責聽力語言復健的「寵女傻爸」的聲音。不知不覺間，窗外的夕陽餘暉已映照在爺爺僵硬的臉上。

（糟糕，我可能給他造成了壓力——）

慌忙看了一眼櫃子上的鐘，楓發現自己已經自言自語了將近一小時。

「爺爺，我整理整理冬天的衣物再回家。」

就在那一刻，楓看到爺爺的手動了一下，好像在表示感謝。不過那也可能只是帕金森氏症症狀引起的手部顫抖而已。楓仔細把幾件冬季外套和毛衣摺好，然後拉開了櫃子的抽屜。原以為抽屜裡已經塞滿，所幸還有可以放整理好的冬衣。

沒錯。就應該為這樣的小事而開心，並不是只有壞事。現在發生的一切都是正確答案。雖然現在拿出春裝還太早，但楓還是拿出了爺爺最喜歡的開襟羊毛衫。

這附近的櫻花真是美極了。不久的將來，應該就能像過去一樣，兩人一起在鎮守神神社園內欣賞盛開的櫻花了。

楓從書房角落的梳妝台取出髮刷，一邊迅速梳理頭髮，一邊試圖對著鏡中的自己露出笑容。

隨著敲門聲，傳來寵女傻爸客氣的聲音。「請問……我可以進來嗎？」

「啊，當然可以。」

他那溫和圓潤的聲音讓人聽了很舒服。

「我在門口看到妳的跑鞋，真好看。」

「哎呀，哪有。」

「我想我的女兒穿上也一定會很合適的。對吧，碑文谷先生，您覺得呢？」輕鬆的玩笑話，旨在逗爺爺開心。

當然，今天的爺爺什麼反應也沒有。當患者身體狀況不好時，治療師自有適當的應對方式。傻爸拍了拍自己剃得乾乾淨淨的頭皮，以一貫的笑容說道：「那我們今天該做些什麼好呢？」

不禁讓人佩服他的專業態度。楓也鼓起精神，強迫自己再次露出笑容。然後對傻爸點點頭，帶著依依不捨的心情，離開了爺爺的家。

男子注意到楓從家中出來，他慢慢躲進牆後面，以免引人注意。他用只有自己聽得到的聲音喃喃道：「楓老師。」

然後他一如既往，小心翼翼但異常熟練的，開始跟在楓的身後。

3

楓回到弘明寺的住處時，天已經完全黑了。她打開入口的鎖，拖著腳步走進電梯，身體沉重地靠在電梯的牆上。她不禁覺得自己的狀況，似乎和爺爺的身體狀況同步。

她想今晚好好泡個澡，這麼想著走出電梯時，發現自己房間的門把上掛著一個錐形的東西。她幾乎驚叫出聲，趕緊用手摀住嘴。

等等，那是——那究竟是什麼？靠著背後電梯的燈光，她小心翼翼靠近，仔細一看，那是一束用黑色玫瑰做成的花束，用緞帶倒掛在門把上。花束用一方與花色形成對比的純白蕾絲布包著。花柄的部分在上，盛開的花束在下。

如果把花柄部分想像成頭部的話，看起來就像是模仿穿著婚紗的新娘，如果讓想像往更糟的方向發展，那麼看起來就像是被繩索吊起來的吊死鬼。

黑玫瑰做成的娃娃，而楓今天剛好也穿著黑色的大衣，這真的只是巧合嗎？電話亭裡的那個人所說的「所有準備已經就緒」，究竟是什麼意思呢？

她悄悄環顧四周，公共走廊中沒看到任何人。這並非有保全人員常駐的豪華大廈，這種一般的自動門鎖公寓，如果有意的話，任何人都有可能闖入建築物內部。因此楓獲得房東的同意後，在她的房間裝了雙重鎖。

也就是說，送花束的人可能是來了然後又離開，或者說——或者說——可能還在附近。要再次回頭看，需要很大的決心。楓將手插入大衣口袋，緊緊握住手機當作武器。她鼓起勇氣深深吸了一口氣，猛然回頭看去。

——沒有人。

她不知何時已滿身大汗。這時她突然想起了關於黑玫瑰的一件事，她趕緊拿出手機來搜尋花語。結果，螢幕上顯示的果然是她記憶中的相反詞。

「你永遠是我的」還有「恨意」。走廊中吹來的風，讓花束微微擺動。電梯的燈光和手機的燈，從多個角度照亮了那個頭部。

4

我想看到妳歡笑的臉龐
我想看到妳哭泣的臉龐
我也想看到妳生氣的臉龐
近到可以感覺到妳的呼吸

楓實在不敢睡在家裡。幸運的是，現在是連續假期。楓聯絡美咲，告訴她想要在她那裡住一晚，結果美咲立刻下令：「我剛好開了一瓶貴參參的紅酒，妳還真會挑時間。我不需要知道原因，快過來吧。」

楓立刻就意識到，美咲是在裝醉，是為了讓她不會有心理負擔。她不想讓美咲擔心，所以並沒有向她提及變態跟蹤狂的事，不過她肯定已經察覺了楓目前有麻煩，但她沒有對此多問什麼，只是開玩笑地說「來喝酒。」、「我的卡門貝爾起司多到可以開店了。」她的體貼讓楓很感動。

對於楓來說，美咲可能會成為她成年後第一位真正的親密好友。

天亮後，楓立刻前往爺爺的家。她當然也想談談有關那束花的事，但最重要的是，她擔心爺爺的身體狀況是否好了一些。

楓走過曾經是鋪著石板，如今則是水泥鋪成的小徑，準備打開玄關門。

「爺爺，我來——」

就在這時，楓的嘴唇觸碰到一塊柔軟的布料。幾乎在這同時，突然有人從後面像鉗子一般用力抱住她。那種來自「雄性」特有的壓迫性能量，瞬間傳遍了楓的背部。她聞到一股曾經在某處聞過的味道。

「讓妳久等了，楓老師。」某人濕潤的唇觸碰到楓的耳垂，他微溫的聲音直達她的內耳。楓被壓得喘不過氣，忍不住發出抽噎聲。

「好的，不要出聲，不要動。」這種語調好像在玩小朋友的舉旗遊戲時，說的「紅旗不要動」、「藍旗不要動」，感覺像是在開玩笑。

「聽懂的話，請慢慢點頭。如果妳不聽話，我就殺了妳。」與之前不同，這次她馬上理解了這個詞的含意。楓嚇得不敢動彈，勉強微微地點了點頭。

緊繞在胸前彷彿一圈鐵箍的臂膀，忽然短暫離開了她的身體。緊接著，楓的頸部感到微微刺痛。

「用氯仿❸什麼的都是看太多電影了，其實這個才是最有效的。」

嘴上的布很快就被拿掉了。

（趁現在！）

楓試圖大聲呼救，卻發不出聲音。

（怎麼回事——）

「救命」的「救」要怎麼發音？接著，她發現自己的舌頭麻痺了，完全不能動。不，不只是舌頭，上下顎也麻痺了。不對！是全身都麻痺了。

庭院中響起喀啦一聲，在逐漸變窄的視線中，楓最後看到的是一支在水泥地面滾動的針筒。

---

❸氯仿：帶有特殊芳香味的無色透明液體，會導致暈眩、疲倦和頭痛。

5

是夢境還是現實。

「A－E－I－U－，E－O－A－O－」

遠處傳來爺爺的聲音，那是他正在練習發音的聲音。

（太好了，發音很好。爺爺今天很有精神。）

楓安慰地嘆了口氣。但是，那口氣卻呼不出來。這種異樣的窒息感怎麼回事？

「A－E－I－U－、E－O－A－O－」

我還在睡夢中嗎？眼皮很重。不，太重了。

儘管楓試著張大眼睛，但像是被什麼擋住了，眼皮無法動彈。

「Ka－Ke－Ki－Ku－、Ke－Ko－Ka－Ko－」

手不能動，腳也不能動。

「Sa－Se－Si－Su－、Se－So－Sa－So－」

右臉頰貼著冰冷，但不是那麼硬的地板表面。她同時聞到兩種香味，一種是爺爺家裡用來清潔木質地毯的殺菌劑，是類似肥皂的味道。

在那一刻，就像突然從墜崖的夢中驚醒一樣，楓瞬間明白了自己身處的狀況。她被蒙住眼睛，塞入口枷，而且嘴巴還被膠帶貼住。雙手被反綁，雙腿外加腳踝也被綁住。然後，她就這樣躺在爺爺家起居室地上。

（另一種氣味是——）

這是曾經在某處嗅過的淡淡香氣，絕不是讓人討厭的氣味。但是，那香氣被殺菌劑的強烈氣味蓋住，聞不太出來。

「比起昨天，您的發音明顯流暢多了，您是和誰聊過天嗎？」從隔壁書房裡，傳來了寵女傻爸驚訝的聲音。

「不是的，並非如此，但我覺得今天可以練習到『La』行的發音。」

傻爸柔聲提醒爺爺，千萬不可以太累到自己。

「發音就先練習到這裡吧，我要開始幫您的喉嚨按摩了。」書房傳來了戴上橡膠手套的啪啪聲響。

（那個襲擊我的男人去哪兒了呢？）

或許她比那個男人預計的時間提早醒過來。但她不知道他何時會回來。而且，或許他一旦回來，自己立刻就會被殺掉。

（必須找到方法。）

（如果能讓那兩人知道她的存在。）

楓告訴自己要保持冷靜的同時，檢查了目前的狀況。因為眼睛被蒙住，完全看不到。看來她的外套被脫下來了。右側的身體，穿著黑色針織衫和窄褲，貼在地板上的部分感覺到一些硬邦邦的東西。

當楓想到原因，頓感絕望。她不僅手腳被綁住，全身上下都被繩子捆得像顆粽子。這種情況下，連想翻個身都很困難。剩下唯一可用的手段，只有聲音。

她記得曾在某本推理小說中讀到，只要時間足夠，一定可以取下堵在嘴裡的口枷和貼在嘴上的膠帶。

（不要急，保持冷靜——）

楓開始用能夠稍許活動的舌頭，弄濕牢牢堵在口中的口枷。

「您的喉嚨感覺如何呢？」一個聲音問道。

「啊啊，感覺很舒服……有如重獲新生一樣。時間差不多到了吧？」

「不，還有大約十分鐘。」

楓只能祈求他們盡可能留在這個房子裡。

兩人在談話的書房，有兩扇門。一扇通往這間起居室，另一扇則是連接通往玄關的走廊。如果傻爸選擇後者，他可能就這麼回去了，完全不會發現楓在這裡。

「要我泡杯茶嗎？我聽說您今天可以不用加濃稠劑。」

「不，我不需要喝茶。倒是你能不能陪我這老人說說話呢？」

「當然可以。就像我經常說的，聊天是最好的復健運動。」

過了一會兒，從書房傳來爺爺出人意料的一句話。

「不瞞你說，我的孫女正在遭受跟蹤狂的騷擾。」

「什麼？」傻爸的聲音中滿是震驚。「孫女……是指楓老師嗎？」

「沒錯。那人不只用無聲電話騷擾她，最近甚至還開始跟蹤她。」

「那個……這事或許不該由我多嘴，但這種行為據說會逐漸升級，可能早點報警會比較好吧。」

「不，她已經去問過警方了。但因為完全不知道對方是誰，也沒有具體的傷害，所以警察說他們無法採取行動。」

「嗯，我可以理解……但聽起來就像典型官僚作風，還滿讓人生氣的。」

「所以我就想到，反過來說，如果能靠邏輯推理找出跟蹤犯的真實身分，並找出明確具體的傷害，警察就會採取行動了吧。」

「我明白了……但這種事真的可能做得到嗎？」

「能不能成功就不知道了，不過你可以把這當作一種思考遊戲來聽聽。」

「挺有趣的。」

「首先，假設這個跟蹤犯叫做X。性別幾乎肯定是男性，因為楓的同事岩田老師曾經試圖追趕X，但由於X跑得太快，他無法追上。你怎麼看？」

「當然是男性了，畢竟他跟蹤的是這麼漂亮的女性。」

「再來，楓說她對X的真實身分毫無頭緒，她的朋友和同事中也沒有像X這樣的人。當然，這並不意味著可能性為零。但在遊戲進行中，我們姑且假設X是其他人。到這裡還好吧？」

「我覺得可以，如果朋友或同事是跟蹤犯，通常人們會察覺到的。」

「但這樣的話，就會出現另一個問題。」

「另一個問題嗎？嗯……」

「你還不明白嗎？」

「對不起，我猜不出來。」

「那就是，為什麼X會知道楓的手機號碼。」

「哈哈……這麼說來，確實是。」

「在這個時代，年輕女性的聯絡方式是終極的個人資料。然而，X似乎很容易就知道了楓的手機號碼。那麼請問，他是如何做到的呢？」

「唉唷，碑文谷先生，您就別賣關子了，直接告訴我吧。」

「在這個世界上，只有一個地方清楚寫著楓的聯絡方式。X看到了，並記住了這個資料。換句話說，那個地方就是，貼在牆上的緊急聯絡人。像我這樣需要在家接受照護的人，身邊總會有一些寫著緊急聯絡人的便條或者板子。也就是說，X一定是在這間房子出入的人。」

聽著書房裡的對話，楓的心臟狂跳不已。進出這房子的人當中居然有一個是跟蹤犯——當她拚命動著嘴巴，嘴裡的口枷開始逐漸鬆動。

爺爺又開始說話了。楓努力把耳朵豎起來聽。

「你看來相當驚訝。」

「當然了，我心臟不好，您別嚇我。」

「那麼冷靜下來後，再想想看。根據以上的線索——傻爸，你能編織出什麼樣的故事來呢？」

「呃……『故事』是什麼意思？」

「簡單來說，就是X的真實身分。」

「嗯……我不知道是不是可以這樣說。」

「不用客氣。」

「我先聲明，這只是我這個傻瓜的個人想法。X是男的對吧？但是包括『妹妹頭小姐』在內的護理員們，還有偶爾會露面的照護經理人，幾乎都是女性。所以，所以要在這裡出入的人當中找出男性，範圍就大大縮小了。」

「說得好。你說自己是個傻瓜，可真是有夠自貶了。你的推理非常合乎邏輯呢。」

「說得明白一點，出入這裡的男性只有我這個聽力語言治療師，和物理治療師——也就是傻爸和霜淇淋店的小哥這兩個人。」

「一點也沒錯。」

「但如果要進一步篩選，我也只能舉白旗了。」

「怎麼會呢？但我也理解你的顧慮，那就讓我來接手吧。首先，X是個跑得特別快的人。但是你，雖然說起來有點失禮，卻是一個有心臟病而且年過六十的男人，和健步如飛這四個字實在是搭不上邊。而霜淇淋店小哥一望即知體強力壯，還有他說過他在幫忙家裡的生意。我聽說牛奶罐很重的。」

「那麼，果然是——」

「再者，物理治療師本來就是需要消耗大量體力的工作，他們經常需要承擔體重較重的病人的全身重量。所以X的真實身分，已經是不言自明了。」

「所謂人不可貌相就是這個意思吧。不過我真不願意像這樣說話貶低他人。」

「我明白。現在是我問你的意見，所以你不用放在心上。」

楓全身的汗，一下子涼了下來。然後恍如遭到電擊似的，另一種味道的真相呼之欲出。

（那是香草的味道……！）

雖然微弱，但確實某天與他擦身而過時，有聞到那個味道。儘管在現在這樣的危急時刻，不知為何，在艾勒里．昆恩的代表作中出現的那個「帶有香草味的人物」，瞬間在楓的腦海中閃過。

這真是太離譜了。那個看起來認真踏實的霜淇淋店的小哥，居然是跟蹤自己的變態！但是，想起他那異常強健的腿力和抱著我時的力道，又覺得完全合理。

萬一此時此刻他出現在這裡的話，楓不敢繼續想像那個畫面。

「——事實上，我之所以覺得霜淇淋店小哥可疑，還有其他的理由。」

「哦？可以跟我說嗎？」

「他雖然看起來誠實，但他卻對我說了一個非常明顯的謊言。」

「什麼謊言？」

「你知道我家的庭院住著鳴聲悅耳的鈴蟲吧。他曾拜託我，讓他用手機錄下鈴蟲的蟲鳴。」

「這麼說來我也用數位錄音機錄過。」

「但是問題就在這裡。上次來訪的孩子們，送給我的昆蟲圖鑑上寫著——鈴蟲的鳴聲音頻太高，手機無法錄音，要使用高指向性的線性PCM錄音機，或者是你持有的那種高性能數位錄音機，而且還要非常靠近鈴蟲，才能錄下清晰的聲音。」

「是喔……我都不知道。」

「然而他卻說，他把鈴蟲的鳴聲設為來電答鈴——這顯然是一個天大的謊言。而他說謊肯定有他的原因，你覺得是什麼呢？」

「比如說，讓碑文谷先生失去警戒，這個理由怎麼樣？」

「這是一種可能。」

「那麼就像我一開頭說的，趁著他的跟蹤行為還沒有進一步升級，應該勸他向警方自首才對。」

「不，傻爸，不需要那麼做。」

「為什麼？」

「從少數的線索中，我最初得出了和你一樣的結論。但是，在改變角度反覆研究後，我最終得出了一個完全不同的結論。」

「不同的結論？」

「是的。首先，要試著找出他為何要說謊，說他錄下了鈴蟲的聲音。而且他若是要讓我失去警戒心，或者是贏得我的好感，其實對他也沒多大好處。仔細想想，萬一謊言被揭穿時的壞處反而更大。」

「說得也是。會說謊的傢伙，的確一點都不值得信任。」

「那如果是因為這樣的理由呢？他怎麼也找不到在庭院草叢中鳴叫的鈴蟲。雖然我明明就能看見，但不知為何他就是無法接近那隻鈴蟲。然而他為了讓我安心，假裝錄到了鈴蟲的聲音。」

「那隻鈴蟲難道是——」

「你猜對了，那隻鈴蟲是我的幻視。他確實說謊了，但是他的謊言，卻是源自他本性中的善良。」

「哈哈……原來是這樣。那麼你得出的不同結論是什麼呢？」

「我來說明。不過在那之前，你能答應我一個小小的要求嗎？」

「選這種時候嗎？是什麼？」

「抱歉了，能給我一支菸嗎？」

「哦，菸哪。你有抽菸的習慣嗎？」

「偶爾會抽一支。在梳妝台的抽屜裡，上面寫著『高樂斯』的藍色盒子。應該也有打火機。對了，不好意思，可以幫我點燃後再給我嗎？謝謝。呼——啊呀，真抱歉。」

「小事一樁。那麼，接下來的故事呢？」

「接下來的故事？什麼故事啊？」

「不要這麼壞心眼啊。就是關於那個跟蹤狂的真實身分，你說你得到了不同的結論。」

「對喔。首先，雖然楓自己好像還沒有發現……但我們可以來看一看，她因為X的犯罪行為而蒙受的具體損害。大多數的跟蹤狂都會渴望得到跟蹤對象的私人物品。呼——X自然也不例外，他在大白天裡公然偷走了和楓相關的某樣東西。」

「你說的很有道理，這的確像是跟蹤狂會做的事。但這和你得到的不同結論有什麼關聯呢？」

「不用著急，慢慢聽我說。昨天楓來這裡的時候，幫我整理了冬天的衣物。她整理了幾件冬裝收進了那個櫃子，並拿出了這件紅色的開襟羊毛衫。你覺得如何，適合我嗎？雖然這是春天的衣物，但我還是覺得有點太鮮豔了。」

「你穿很合適，適合得令人羨慕。」

「那就好……啊呀，糟糕，這下可不好了。」

「怎麼了嗎？」

「沒有，我只是想到，這件剛拿出來的開襟羊毛衫，這下不就沾了煙味嗎？」

「那個……如果是我誤解的話，我道歉，但感覺你好像很喜歡故意吊我胃口？」

「那是你多慮了。呼——呃……我們剛才講到哪裡了？對了，講到冬天的衣物。楓收冬衣的時候，發現櫃子裡的空間竟然剛剛好，這件事讓她挺開心。但想想看，櫃子裡哪會那麼剛剛好，就多了個空間讓你收冬衣呢。也就是說，直到不久之前，那裡其實還收著別的東西。」

「別的東西……考慮到碑文谷先生的習慣，可能是一些舊書吧？」

「很遺憾的，不是。那個別的東西是幾個裱了框的楓的照片。我們這些DLB患者，看到人物照片或風景畫時，有時會產生幻視。所以楓考慮我的身體狀況，就把所有的照片都收進了櫃子裡，但她自己卻完全忘了這回事。傻爸，還有時間嗎？」

「這故事越來越有趣了。既然如此，你乾脆全部告訴我吧。」

「那可真是令人開心。話說跟蹤狂這種人啊，他們喜歡的不只是像照片那類無機物，他們更喜歡收集和跟蹤對象相關的有機物，譬如剪下的指甲，或是沾了唾液的寶特瓶，還有——對了，頭髮。這事你怎麼看呢？」

「為什麼要問我？」

「呼——啊呀不好意思，我只是想確認你有沒有聽懂到目前為止的內容。」

「我有聽懂。你說故事的技巧一向令我佩服。」

「謝謝你。話說，那邊有個楓專用的梳妝台，楓在回家前總是會在梳妝台前快速整理一下頭髮。但我發現了一件奇怪的事。楓來訪之後過了幾天，我用放大鏡仔細檢查那把梳子，卻找不到一根頭髮。如果只是一次兩次，或許可以解釋為剛好就是沒有，但無論我試了多少次，都是一樣的結果。儘管護理員他們會幫我清理個人物品，但他們不會連楓的梳妝台都去清理。這也就是說，楓的頭髮是被X從梳子上給偷走了——這是我唯一能得出的結論。」

「哈哈，所以霜淇淋店的小哥偷走了楓老師的頭髮嗎？」

「不，下這個結論還為之過早。」

「什麼意思呢？」

「首先，X有足夠的腳力可以擺脫追著他跑的二十多歲男性教師，而且他把慢跑當作興趣，我們很容易能夠因此推測出，他有豐富的田徑運動經驗。」

「所以X除了是霜淇淋店小哥，不可能是別人啊。」

「那可不一定。說到跑得快的男人——比如，我一直認為傻爸你的田徑運動經驗應該滿豐富。」

「啊？」

「你還記得去年秋天的時候，你在這裡稱讚過我嗎？你稱讚我擁有廣泛的知識和見解，並把我比喻為『十項全能』冠軍。怎樣？你可別說你忘記了喔。」

「我記得。但那只是我舉『十項全能』當作例子啊，我並不認為那是一個牽強的比喻，也不能因為我用了『十項全能』這個詞，就認定我有田徑運動的經驗。」

「不，問題不在這裡，問題在於發音。」

「發、發音？」

「是的。」

「你還好嗎？你說話開始顛三倒四了。」

「那麼讓我在專業人士面前做一次發音練習吧。你願意聽聽看嗎？」

「隨你便。」

「jisshu, kyougi. jisshu, kyougi. jisshu, kyougi. jisshu……」

「你要繼續到什麼時候啊？那個……我完全不懂你想表達什麼。不過你今天的發音練習確實做得不錯。」

「讓其他任何人來讀讀看『十種競技（十項全能）』這四個字，就像很多人會把摩西的十誡（jikkai）錯讀為『jukkai』一樣，我猜大多數的人都會讀成『jusshu kyougi』。十種競技的正確讀音是『jisshu kyougi』，我想這點只有具有田徑基礎的人才會知道。」

「是嗎？那麼你是怎麼知道的呢？」

「唯獨對我來說，這是知識。」

「這樣很沒道理吧？那對我而言也一樣啊，就是知識。十種競技讀作『jisshu kyougi』，對我來說只是一般常識，可是我完全沒有田徑比賽的經驗。」

「嗯，當然也不能說沒有這種可能。那麼我問你，就像今天為什麼你的嘴裡經常有一股甜甜的香草味呢？」

「啊？」

「那是因為你喝了高蛋白質飲料，聽說香草口味很受歡迎喔。」

「我哪會知道這種資訊。不是的，那是因為我非常喜歡吃冰淇淋，尤其對香草冰淇淋情有獨鍾。雖然我有糖尿病，但每天非得要吃上一兩個才滿意。」

「哦，這我還是頭一次聽說。如果你那麼喜歡香草冰淇淋，那麼之前講到霜冰淇淋店小哥時，你理所當然應該會提到這一點的。」

「嗯，理論上可能是這樣，但我只不過就是忘了提起啊。」

「那再問你一個問題吧。」

「還有問題啊？」

「昨天楓在這裡的時候，你突然說了一句，我在門口看到妳的跑鞋，真好看。」

「我只是說出了我心中的感覺。」

「那為什麼你要稱它為跑鞋呢？看到那種樣式的運動鞋，一般人都會說是球鞋吧。」

「那、那是因為——」

「如果你回答不出來，我來幫你回答。一般沒有田徑運動經驗的人，光看一眼，是分辨不出球鞋和跑鞋有什麼不同的。事實上，即使是習慣跑步的岩田老師，第一次看到楓的跑鞋時，也把它誤認為普通的運動鞋。然而你只瞥了一眼楓放在門口的鞋，就稱之為跑鞋。我猜你可能現在還有在持續跑步。」

「——如果是，那又怎樣？」

「什麼？」

「就當我確實有田徑經驗，而且現在也保持一定的訓練，但那並不能打消物理治療師的嫌疑。請你公正地比較一下，我和他的年齡，再加上體型和外表，最可疑的人不還是那位年輕又有活力的物理治療師嗎？」

「錯了，他不是X。」

「拜託，你怎麼能那麼肯定？」

「我分次採集了梳子上的指紋。雖然知道這個小知識的人不多，其實只需利用梳妝台上現有的東西，很容易就能採到指紋。用耳棒沾一點點粉底，輕輕撲在梳子的手柄，然後仔細貼上透明膠帶——指紋就會浮現了。」
「我不懂吔，梳子上的指紋到底和我有什麼關係？難道你在梳子上找到了我的指紋？」
「恰好相反。」
「——相反？」
「無論我試了多少次，從梳子上只能採到楓一個人的指紋。物理治療師並沒有戴手套，若是他碰過梳子，梳子上應該會有他的指紋。換句話說，X應該是這個房間裡唯一有戴手套的人。」
「你是說像我這樣的人嗎？」
「是的，就是你。騷擾楓的跟蹤狂，X就是你。」
啪、啪！啪、啪！一陣沉默中，反覆拉扯薄薄橡膠手套發出的單調聲響，在楓的耳朵裡迴蕩。
簡直無法置信。一直在跟蹤自己的「X」竟然是那個怎麼看都是個老好人的傻爸。自己的頭髮被人偷拿走，讓人直接感受到的恐懼，還有年紀幾乎可以當自己父親的中年友人竟然是跟蹤狂，這樣的意外性所帶來的恐懼，這兩種恐懼就像兩條無形的繩索，緊緊扼住了楓的心臟。

不，比這更重要的是，雖然不願去想，但更現實的恐懼正悄悄爬上心頭。為什麼爺爺會選擇當面揭發跟蹤狂的真面目，卻能如此鎮定自若？如果他遭到身體上的攻擊。

（我們根本無法抵抗，無論是爺爺還是我。）

看來只有去外面求助。只要能弄斷身上的一條繩子，至少就能翻身。然後滾到走廊，如果能到達前門。

（不，不對！）

這裡有爺爺的床，枕邊有連接醫療機構的緊急按鈕。只要能按下那個按鈕——不，楓覺得自己應該搆不到那麼高的位置。

（對了——廁所。）

只要能去廁所，那裡就算是從地板上也能按到緊急按鈕。而且廁所就在起居室通往走廊的出口旁邊。雖然被蒙住了眼睛，但楓知道該往哪個方向。楓一邊留意著書房的情況，一邊用右半身去摩擦地板，試圖弄斷身上的繩子。

「嗯……的確是典型的推理小說迷，才會得出的結論。現在是怎樣？你這人那麼喜歡出乎意料的凶手，不會是因此硬要把我當成凶手吧？」

「那還真是巧，但事情並不是像你胡亂推測的那樣。」

「你的推論看似合理，但還是有十分牽強的地方。」

「是嗎？」

「聽著，你頂多證明了一點，從楓的梳子上取走了頭髮的人是聽力語言治療師。別看我這樣，我可是很愛乾淨的。為了減輕你們家人的工作，我會順手把看到的垃圾拿去扔掉。我得到的應該是感謝，而不應該是被當作跟蹤狂。」

「那為什麼垃圾桶裡沒有半根頭髮呢？起居室的大垃圾桶和廚房流理台的垃圾簍裡，也找不到半根。奇怪，頭髮都去哪兒了呢？」

「有可能是被你扔掉了。」

「有意思，來這一招是嗎？」

「無論如何，沒有頭髮和沒有指紋並不能成為證據。或許就那麼剛好連續幾天都沒有掉頭髮呢？至於指紋，因為梳子上沒有聽力語言治療師的指紋，就說他一定碰過，這根本是欲加之罪嘛。為什麼沒有我的指紋，很簡單——因為我沒有碰過。我想大部分人都會這麼認為的。」

「哦，越來越有遊戲的氣氛了，傻爸。」

「我也開始覺得有趣了，碑文谷先生。」

「呼——菸我抽夠了。雖然會麻煩一點，還請你把菸蒂浸濕後，這次可別忘了丟進垃圾桶。」

「雖然你的說法讓我聽了有點不爽，但我會照辦的。」

「話說，剛才有件事我刻意沒提。」

「要來這一套嗎？」

「你有聽過手套痕嗎？哦，看你的表情應該是沒聽過。當然，它不會像指紋那樣呈現清晰紋路，但是否有人使用過手套，這一點倒是很容易透過手套痕來證明。」

其實我們不需要這麼麻煩的，只要讓警方去搜你的住處，應該很快就能搜出楓的頭髮和照片。對了，我還忘記告訴你一件重要的事。你剛才好像說過『會說謊的傢伙，一點都不值得信任』，但實際上你也有說謊啊，之前你說你用數位錄音機錄下的鈴蟲聲，讓你的女兒非常高興——那是騙人的。」

「什麼？等等。我用的可不是手機。我用的是最新的數位錄音機，可以輕鬆錄下任何昆蟲的聲音。你剛才也說過，撒謊的是霜淇淋店小哥，不是我。」

「不，你也在說謊。」

「我不懂。」

「孩子們送我的昆蟲圖鑑裡是這樣寫的——鈴蟲絕對不會聚在一起鳴叫，牠們會各自在分開的草叢裡孤獨地鳴叫。但我找到的鈴蟲，卻是三隻聚集在同一片樹葉上。現實中這是不可能發生的。換句話說，那些鈴蟲也是幻視。霜淇淋店小哥的謊言是出自善意的謊言。但你的謊言不是，它是為了掩飾你真面目的骯髒謊言，你的數位錄音機是用來竊聽楓的聲音的。我敢肯定，錄音機的容量已經快被楓的聲音塞爆了吧。還有，你本來就不是什麼寵女傻爸，你根本沒有女兒。你曾經不停吹噓你女兒的頭髮有多美，其實你是在誇讚楓的頭髮。」

「——你究竟是誰？」

「我只是一個得了失智症的老人。」

傻爸——不，X的語氣，驟然一變。

（小心點，爺爺。）

楓拚命將右半身的繩子壓在地上摩擦——但怎樣就是弄不斷。如果像同齡的女孩那樣戴著誇張的美甲貼片，這時或許就派得上用場了。諷刺的是，嘴裡的口枷已快滑落，舌尖也快要能碰到封嘴的膠帶，但這時候楓反而開始覺得高聲喊叫或許是個壞主意。

（那個力氣——）

在庭院裡被人從背後用力勒住時的感覺，頓時在楓的身體裡甦醒。

「遊戲還在繼續嗎？碑文谷先生。」

「我覺得遊戲快要結束了。你有什麼問題要問嗎？」
「我的遊戲策略。我覺得我還挺靈活的，逃得很成功。」
「哈哈哈，並不是。你剛剛還犯了一個失誤。」
「你說剛剛嗎？」
「回想一下吧。當我說到『我的孫女正在遭受跟蹤狂的騷擾』的時候。正常人應該都會先問『誰？』不是嗎？『被誰跟蹤？和她是什麼關係？是朋友嗎？是同事嗎？』不管問什麼，首先想知道的應該都是跟蹤者的身分。然而你卻跳過這部分，直接就說應該報警。這是你的失誤，重大失誤。一般來說，在還沒搞清楚事情全貌之前，不會有人直接建議報警的。這就意味著，你自己其實比任何人都更清楚事情的全貌。」
「原來如此。遊戲確實可能要結束了。」
「本來想再抽根菸的，但看看時間也差不多了，還是忍忍吧。」
「等等，你說時間差不多怎樣了？」
「你冷靜下來聽我說，這可是難得的機會。那麼在遊戲的最後，讓我們來推敲推敲跟蹤犯X的目的吧。前幾天你從電話亭打電話給楓，告訴她『所有準備已經就緒，所以請放心』。話說，你到底做了什麼準備？出於跟蹤者扭曲的感情，有時會強迫對方一起殉情，但幸運的是這次情況似乎不同。

「你在電話中威脅楓說『妳要是再說這種違心之論，當心我殺了妳』，這句話從另一個角度來看，可以推斷你其實並無意殺害楓。如此一來，那個『準備』應該就是指結婚的準備。若說現在你的家中，陳列著楓的頭髮和照片——然後在房間中央掛著一襲婚紗禮服，我也不會感到驚訝。你打算把楓囚禁在房間裡，和她過一輩子。那就是你的結婚。」

「你真不簡單，碑文谷先生。讓你死在這麼小的房間裡實在太可惜了。」

「哦，那是什麼意思呢？你是在指不久的將來，還是眼前當下？」

「如果是後者，你會怎麼做？」

「勸你最好還是不要。你記得我剛才說時間差不多了嗎？意思就是說，警察快到了。」

「你說什麼？」

他可能是驚慌失措地站起來。屋內傳來椅子翻倒的聲音。

（不愧是爺爺，事先都安排好了。）

我們兩個都得救了。一想到這裡，全身僅剩的一點力氣都沒了。再也不用無謂地耗費體力了，楓屏息等待著警察的到來。

然後，為了不要錯過書房的對話，她稍稍抬起了頭。

「你什麼時候叫的警察？」

「就在你來之前。他們應該隨時都會到，只是看來稍微晚了一些。」

「這房間裡沒有手機，你是怎麼報警的？」

「剛好香苗來了——我跟她說你就是X，她非常驚訝。所以我就叫她立刻去報警。」

「香苗？」

「你不知道嗎？她常常會過來看我，她是我女兒。」

天啊！

怎麼會？

怎麼會這樣?!

那樣絕頂聰明的爺爺。

爺爺，請不要。

這實在太令人悲傷了。

媽媽……媽媽她！

「不是我這個做爸爸的自誇，但香苗從小就像向日葵一樣的開朗明亮，她最喜歡在眾人面前唱歌了。隔壁間的起居室現在是無障礙設計，但過去那裡是和室。中間有一道紙門隔開，每當有親戚來訪，香苗總是會偷偷躲到紙門的另一邊。她會隔著紙門小聲對我說，『爸爸，我在這裡喔。等一下你要慢慢拉開紙門』。

不久後，紙門另一邊的卡式錄音機開始播放演歌的前奏，我就會慢慢拉開紙門，就像拉開帷幕一樣，然後說各位久等了，請聽五歲的香苗為您深情演唱世間女子的心聲，《津輕海峽．冬景色》。香苗的歌總是能博得親戚們的熱烈掌聲與喝采，哈哈。我都不知擔任幾次她的司儀了。不知為何，她的歌永遠都是《津輕海峽．冬景色》。所以當香苗結婚的時候，她自然也唱了那首歌……不對，我不記得她有沒有在婚禮上唱過。怎麼了，你那個表情？」

「我在笑。」

「笑什麼？」

「這還用問嗎？現在這狀況我怎麼可能不笑。其實這場遊戲從一開始就注定我會贏了。」

「你、你在說什麼？」

「真可惜，碑文谷先生。雖然你看起來很有頭腦，但終究只是個痴呆老頭。」

「痴呆……老頭……」

「你似乎很自豪於自己的邏輯思考，那麼這次就讓我用邏輯來反駁你。你會注意到貼在那裡的緊急聯絡人的便條上寫著楓老師的聯絡方式，確實很敏銳。那麼我問你，為什麼香苗的聯絡方式，沒有寫在上面呢？她是你的女兒不是嗎？她經常來這裡看你不是嗎？那麼為什麼你這寶貝女兒的聯絡方式卻不在那裡？怎麼樣？這是不是比梳子上沒有指紋更奇怪？」

「這點我倒是沒有注意到。」

「在發音練習時，我有套你的話，你忘了嗎？我是這麼問你的──『您是和誰聊過天嗎？』而你答道，『不是的，並非如此』──回答得模稜兩可。但是，在走進這房間的前一刻，我清楚聽到了你和『已經不存在的某人』正在長談。你竟然會向你女兒的幻視求助，讓她去報警。哈哈，真是笑死人了。」

「等等──嗯，雖然我不願承認，但我的確有可能是在和香苗的幻視交談。但是，『已經不存在』的這種說法並不正確。事實上，我的女兒香苗確實存在於這個世界上。」

「天啊，我快笑死了，笑得肚子都痛了，哈哈哈。能不能饒了我啊？我都已經這麼努力憋著不笑，繼續在演這齣戲了。」

「──這話什麼意思？」

「現在我就明白告訴你吧。香苗這個人本來就已經不在這世上了。二十七年前的婚禮那一天，我親手殺了香苗。那個背叛我的女人……所以很遺憾，警察是不會來的。」

楓發出了無聲的尖叫。

（媽媽！）

然後，為了拉住快要昏過去的自己，她再次尖叫。

（爸爸！）

在這同時，書房傳來了一聲沉重、不祥的聲響。有可能是爺爺的手臂從扶手上滑落，身體撞上了牆。

楓在被膠帶封住的狹窄空間裡忘我地尖叫。

（媽媽！）

（爸爸！）

（凶手……凶手在這裡！）

「喂，站穩點。如果你不聽我說完，遊戲就無法結束。還有，楓長得跟香苗越來越像了……所謂一個模子印出來的就是指這樣吧。長得那麼像，害我都無法控制自己。對，甚至會感到憎恨。總之這一切都是楓的錯。啊，不好意思直接喊了她的名字。但這情有可原吧，畢竟我們都要結婚了。

啊，你說什麼？我聽不見吔……怎麼你輸了遊戲後，突然就沒了力氣呢？嗯，你問現在楓在哪裡嗎？好，我告訴你。楓她現在就躺在隔壁房間地板上，仍然昏迷不醒。如果她願意乖乖聽話，我就會好好疼她。畢竟她最終還是愛我的。所以請放心，碑文谷先生，你可以先去死了。」

啪，啪！又聽到了拉扯手套的聲音。楓憤怒得連眼淚都流不出來。

不能原諒。

不能原諒。

絕對不能原諒那個男人——

看來已經沒有工夫去按廁所的緊急聯絡按鈕了。此刻唯一的選擇就是孤注一擲，大聲呼救。楓從鬆開的口枷縫隙間將舌頭伸出，再次努力剝去膠帶。

「好，我們再來做發聲練習。這只是語言復健，所以就算你嘴邊有手套痕，也不會有任何人起疑的。首先，我會把我的食指插入你兩邊嘴角……好的，準備工作完成。那我們就開始吧。『A－E－I－U－，E－O－A－O－』。怎麼了，聲音出不來嗎？

那我們換另一組試試。『Ka－Na－E－（香苗），Ka－Na－E－（香苗）』。哎呀，這組也不行嗎？剛剛的精神都去哪兒了呢？那我們再換一組試試。『Ka－E－De－（楓），Ka－E－De－（楓）』……啊呀呀，你狀況變得好糟喔。那我們改做喉嚨按摩吧。瞧瞧你，口水都流出來了……我換個手套喔。」

啪，啪！

貼在楓右上唇的膠帶，終於快撕開了。還差一點，還差、一點點──

啪，啪，啪！

「那接下來我要按摩您的喉嚨嘍。啊呀呀……剛剛才揉開的，怎麼又繃緊了？這次會稍微用力一點喔，請忍耐一下下。沒事的，一閉眼就過去了。」

膠帶的一小角被撕開了，楓透過那微小的縫隙用力吸了口氣，然後吶喊出聲。

「救──」

說時遲那時快，觸感輕柔的溫暖手指蓋住了楓的嘴。

「安靜，楓老師。我是四季。」

眼罩被取下的同時，一縷柔軟的長髮輕輕撫過楓的臉頰。

「四、四季！我、我爺爺他──」

「那邊沒問題的。妳不要低估妳爺爺。」

咚！身體倒下的聲響。書房那頭立刻傳來了X的哀號聲。

「好、好痛！我的手臂……我的手臂要斷了！」

「這是維多利亞時代英國流行的日本柔術，據說福爾摩斯將其稱為『巴頓術』

❹（Bartitsu）。不過我們無法確定他是否真的掌握了這套『手臂鎖』的技巧。」

「你這老頭快住手！不然我讓你吃不了兜著走！」

「你試圖掙脫是沒用的，你已經完全在我的控制下了。像今天這樣身體狀況良好的日子，我過去學的功夫就更能派上用場。老實說最近啊，我跟物理治療師——霜淇淋店的小哥有時也會比比腕力什麼的，當然他會讓著我，但上回我真的贏了一次，他看起來非常沮喪呢。」

原來如此，這下我明白了。當時霜淇淋店小哥離開書房時，他那瞬間流露出的，近乎敵意的眼神，其實根本沒有什麼。那只是他因為輸給了爺爺，而情不自禁流露的不甘罷了。

「廢話少說，快放開我……當心我宰了你！」

「掙扎越激烈會越痛喔。話說岩田老師，情況如何？」

就在窗戶響起一陣華麗碎裂聲的同時，傳來了岩田的聲音。

「是！我已經把全部都錄下來了！」

「很好，這才是高性能數位錄音機的正確使用方式。」

四季嘆了口氣，把頭髮往上撩了撩。

「明明有跟他說，從前門進來就可以了。」

X的聲音已經變成了聲聲哀求。「求、求求你，放過我吧。」

「辦不到，除非你先認真聽我說話。」爺爺的聲音堅定有力，很難相信他正反手抓著對方的手臂。

「我也曾懷疑過香苗可能是幻視的產物。所以一有機會，我都會跟楓說，『今天妳又和香苗錯過了』，藉此觀察她的表情……看她笑得那麼勉強，我就大概猜到了。但若真的是這樣，那麼緊急聯絡人沒有寫香苗的電話號碼這項事實，便暗示了一個可怕的過去。進一步想像，就更無法排除X連續跟蹤兩代『蒲公英女孩』的可

❹巴頓術：結合了拳擊、柔術、棒術、法式踢拳的混合武術（Hybrid martial arts）與自我防衛術。

能性。但是……人畢竟是軟弱的生物。」

「嘮嘮叨叨的真煩，還不快點放開我！」

「今天我還是像往常一樣，以為香苗會來看我。而當她真的出現，我請她幫忙報警時，我不免還是會想著，一切就此結束了。雖然很可悲，但考慮到香苗可能是幻視的可能性，我還是請求四季和岩田老師過來協助。至於香苗是否真實存在這個問題——」

爺爺在這裡打住，暫時說不下去，可以感覺他在強忍淚水。

「至於香苗是否真實存在的問題，似乎已經沒有討論的空間了。那麼，我現在有權利發展兩種故事。第一種是，我要在這裡折斷你的手臂。」

「故事？你這老頭在裝什麼裝啦，如果你敢，你就試試看啊！」儘管X的聲音聽起來很痛苦，但他還繼續虛張聲勢。

但爺爺彷彿完全沒聽到。「然後還有另一種故事，我會用意志力，不讓自己被仇恨所左右。我的智力已經隨著每一天而失去，如果我還折斷你的手臂……那個我根本已經不再是我。」

爺爺毅然決然說道：「我，不會被擊敗。」

他用堅定的聲音繼續說：「我，不會去傷害。」

太強大了，這人太強大了。

爺爺用他堅韌的意志力，將私怨推向了遙遠的彼方，推向了紫煙的彼方。

可能是爺爺瞬間放鬆了力道，咚的一聲，X彷彿要掙扎著跳開。四季站起來，似乎準備衝進書房。但是，X又哀號了起來。

「好痛，好痛啊！怎麼現在換成你啊，拜託別打了，我可是年過六旬的老人家啊！」

看來是岩田在痛揍X。

「你還有臉說！」岩田的聲音，感覺他是邊揍邊哭。

「這拳是為爺爺！」

「救命啊！」

「還有這一拳，這拳是為我心愛的人！」

（岩田老師……）

過了一會兒，四季對書房裡的前捕手搭檔喊說。

「學長，夠了，不要再打了。一般人也有逮捕權，但如果你再打下去，恐怕就要觸犯暴行罪了。」

之後傳來警車和救護車的警笛聲，宣告遊戲結束。X雖然已經認命就逮，嘴裡仍不斷咒罵。

就在這時——

「香苗。」書房中依稀傳來爺爺溫柔的聲音，聲調完全不同於剛才。「我不該反對你們的，是我不對。夠了，你們兩個可以抬起頭來嗎？」

看來他看到的幻視交織了昔日的回憶。

「聽說你酒量不錯。對了，有我們在蜜月旅行時買的貝克街威士忌。那可是我的珍藏，放在哪兒來著？」

爺爺的聲音變得更加溫柔。楓立刻意識到，此刻在爺爺面前的，不僅有年輕時的父母，還有奶奶。

「不用了，我去拿。兌水也是有一些訣竅的。啊哈哈，妳那表情是什麼意思？我們沒有吵架啊。我才沒有權力把相愛的兩人分開呢。話說回來，我們當初結婚的時候……一開始不也遭到反對。」

楓這倒是第一次聽說。

6

楓在床上醒來，四季的臉龐近到讓人心跳加速。

「妳有好好睡一下嗎？」那是會讓人心神不定的、如孩子般的笑容。

「以防萬一，院方要妳今晚住院一晚。」

「爺爺呢？」

「他在隔壁病房睡得很熟，肯定是累壞了吧。」

只有生命徵象監視器規律的聲音迴響在房間裡，夜晚的急診病房幾乎沒人。

「岩田老師應該沒事吧？」

四季小聲說道：「他去警局作證了，最近他真的很常跟警察打交道。」

楓將兩臂伸出被窩，伸個懶腰後，再把頭重新躺回白色的枕頭上。

「喂，四季——我想問你一件事。」

「什麼事？」

「你們兩個是怎麼知道我在那裡的？」

　　四季摸了摸鼻子。「記得那次在河堤上，有人一直盯著妳看吧。之後我就跟學長討論，也跟爺爺討論過怎麼辦。決定平日由我，週末由學長，兩人輪流，只要有時間就盡可能在背後保護妳。」

　　「那麼最近，我經常強烈感覺被人跟蹤是因為——」

　　「恐怕是因為我們的關係。但我之前演刑事劇的時候，常常練習跟蹤，所以我很有自信不會被發現。如果跟蹤還被人發現，那應該是學長的問題吧。」四季低聲笑道。

　　「昨天我也在碑文谷到弘明寺的路上保護妳，但那傢伙居然放了一束花在那兒。」

　　急診病房的寂靜被救護車的警笛聲打破。警笛聲一停，接著就是運送擔架的聲音和人們在走廊裡忙碌奔跑的聲音。

　　「我覺得，楓老師——」四季神情嚴肅地說道：「不僅是醫療相關工作，像學長和妳擔任的教職，或者是居家照護員，我真心認為這些都是神聖的職業。或許因為我自己是從事演員這種不夠踏實的行業，我是打心底敬佩這些職業。我並不是在貶低自己，只是我認為每個人都有各自的角色要扮演。」

「嗯。」

「所以發生這樣的事情我真的感到非常遺憾，但也一直感覺哪裡不太對勁。於是——」

四季將柔和的目光投向門外的嘈雜，然後看向楓。「我到處去查訪了照護經理人和護理員們，結果發現了一件非常有趣的事實。那人其實不是聽力語言治療師，他是冒牌貨。」

「什麼？」

當需要照護的老年人開始接受居家照護時，照護經理人會成立一個照護團隊，由物理治療師、聽力語言治療師和護理員共同組成。然而鮮為人知的是，這一群人通常各自屬於不同機構，在照護對象家中碰面之前，彼此可能完全互不相識，這種情況其實十分常見。

「他利用了這個盲點。首先，他打電話給照護經理人的辦公室，模仿爺爺的聲音說，因為費用太高，所以要取消語言聽力復健。然後再聯絡爺爺說，前任人員突然轉調他處，所以今天起由他接任。每個人都很忙，實際上，由於協調不足而導致的誤會，雖然罕見但確實會發生。當然，像這樣惡意冒名頂替的例子，應該是絕無僅有的。」

楓緊握著枕頭的一角，望著病房窗外。黑夜中無數盞燈光下，人們都在想些什麼呢？無論哪個時代，都會有人想出常人無法想像的醜惡奸計。相比之下，爺爺看到的幻視，可能是一個更美麗的世界吧。

7

妳大概沒有察覺
我和妳的兩人合影
妳大概沒有察覺
我首次為妳拍下的照片

（這是指超音波照片吧。）

楓輕輕闔上她總是隨身攜帶，每次閱讀都能讓她心情平靜的小日記本。封面上，用爺爺遺傳給母親的漂亮筆跡，寫著「香苗寫給肚子裡的妳」。

在溫暖的陽光下，父親在庭院種下的櫻花樹發芽了。爺爺坐在檐廊上，驕傲地說：「昨天香苗來過，我告訴她家裡的櫻花比鎮守神神社的櫻花開得早，她聽了很開心呢。」

與他並排而坐的楓，強忍住欣慰的淚水側過頭去。或許是自我防衛本能的關係，負面的記憶似乎比較容易忘記。爺爺的情況是，雖然他詳細記得這次事件的經過，卻似乎完全忘記了有關媽媽去世的記憶，而且深信這次是媽媽報的警。

不過，爺爺或許心裡都明白，但為了不讓楓擔心，他才假裝不記得。楓偷偷看著爺爺那張滿是皺紋，線條卻柔和的側臉。

今天爺爺狀況極佳，他連咖啡都不喝，大啖著可能是別人送他的蛋糕。

「事實上，不只是香苗，最近岩田老師也經常來訪。」

「啊？」楓完全沒聽說過這件事。

「他跪求我從基礎教他怎麼讀推理小說。剛好就在那時，那個可愛的三人組過來借書。他們驚訝地說，『哇，是石頭老師』、『你在這裡做什麼啊？』在孩子們的嘲弄下，岩田老師一臉尷尬的表情。總之我正在讓他從愛倫坡（Edgar Allan Poe）的作品開始讀起。」

「原來如此。那麼，那個蛋糕……」

「對，這是岩田老師帶來的禮物。但我不知道他是怎麼曉得我特別愛吃甜的。他帶來的所有點心都非常甜。」爺爺開玩笑似地眨了眨眼。

「那個男人……也許他的推理能力比我們想像的要強喔。」

楓瞬間閉上了眼睛。既然有自製的點心，那麼岩田老師確實是有來看過爺爺，而不是爺爺的幻視。

楓眼前浮現出當岩田讀著全世界第一本推理小說，愛倫坡的《摩格街謀殺案》（*The Murders in the Rue Morgue*）時，他那笑得整張臉都皺成了一團的模樣。不過他來學習推理小說應該只是藉口，他真正關心的是爺爺的健康，爺爺當然也明白這一點——

「啊，不好。」楓只顧著在想岩田他們，差點忘了此行主要的目的。

「爺爺，你能看一下這個嗎？這是一封沒寫寄件人的信。」

得到爺爺的同意後，楓打開了那個用優雅的筆跡寫著收件人的信封。爺爺戴上老花眼鏡瞥了一眼信封，只看了郵戳，嘴角就露出笑意。

「這是夢中情人老師寄來的信。」

他花了一些時間讀完整封信後，用微微顫抖的手細心將信摺好。

「她寫說她成了學校游泳社的顧問老師，現在正滿心期待著夏天的到來。」

雖然從未見過夢中情人老師，但楓打心底感到開心。至於她在哪個島的學校任教，楓決定不去多問。

「對了──」說到令人開心的事，還有一件。「剛才我去了一趟『春乃』，當然那裡現在還關著，但我看到許多熟客寫了留言貼在那裡。都寫了些什麼呢？譬如『老闆娘，我們等妳回來』，或是『真期待嚐嚐新的燉菜』等等，留言好多呢。」

「我也真想這樣留言給她。」爺爺朝著從鄰近竹林飛來的麻雀，拋出了吃剩的蛋糕渣。麻雀啄了一口甜點後，立刻朝著「春乃」的方向飛去，瞬間猶如傳遞思念的信鴿。

（她一定會收到的──）

楓決定說出她一直想找爺爺商量的事。

「那個，爺爺……」

「什麼事啊？」

「我──」連自己也無法理解的淚水沿著臉頰流下。

「我可能第一次喜歡上了一個人。」

爺爺猶如慢動作般地，緩緩笑了開來。那是最近這幾年裡難得一見的，最燦爛的笑容。他彷彿一下年輕了十歲。

「是嗎？」過了一會兒，他像是在品嘗這句話似的，又重複了一遍。

「是嗎？」

爺爺又將目光投向了櫻花樹上的芽。「那可是個相當棘手的難題啊。」帶著迷人的笑容，爺爺將手指抵著高挺的鼻粱。

「他們兩位都是好青年。『是選擇美女還是老虎呢？』——如果換作是我，我也會非常煩惱呢。但是，這種大事，妳確定要說給我這個老頭子聽嗎？」

「我想說給爺爺聽，我要你給我意見。」

爺爺於是開心地又小聲說了一遍。「是嗎？」

然後，他又說出了那句話。

「楓，能給我一支菸嗎？」

〔參考文獻〕

- 小阪憲司《了解路易氏體失智症》（レビー小体型認知症がよくわかる本）講談社／2014
- 小阪憲司・著／支援路易氏體失智症協會・編輯《你認識路易氏體失智症嗎？》（知っていますか？　レビー小体型認知症）Medicus shuppa/2009
- 小野賢二郎・著／三橋昭・監修《看見一匹長頸鹿花紋的馬 從瞬間的幻覺中醒來》（麒麟模様の馬を見た　目覚めは瞬間の幻視か）Media careplus/2020
- 樋口直美《我腦中發生的事 從路易氏體失智症中恢復》（私の脳で起こったこと　レビー小体型認知症からの復活）Bookman/2015
- 内門大丈《路易氏體失智症的正確基礎知識與照護》（レビー小体型認知症　正しい基礎知識とケア）池田書店／2020
- 山田正仁・監修／小野賢二郎・編輯《路易氏體失智症醫療手冊》（レビー小体型認知症　診療ハンドブック）FujiMedical/2019
- 瀬戸川猛資《黎明的睡魔 海外推理的新浪潮》（夜明けの睡魔　海外ミステリの新しい波）早川書房／1987
- 瀬戸川猛資《夢想的研究 文字和影像的想像力》（夢想の研究　活字と映像の想像力）早川書房／1993
- 瀬戸川猛資《電影執照全傳》（シネマ免許皆伝）新書館／1998

第二十一屆「這本推理小說了不起！」大賞 評審推薦語

憑藉日常推理的細緻觀察，揭開情感交錯之謎

翻譯家、書評家 大森望

第二十一屆「這本推理小說了不起！」大賞的最終評選，繼去年以來，又有八部作品入圍。在長篇小說新人獎項中，能有八部作品進入最終評選是相當罕見的，也許是因為由書評家擔任評選委員的獎項所特有的情況。

在最終評選中，三位評選委員推薦的作品各不相同，意見分歧，使得最有希望獲獎的三部作品，陷入三足鼎立的僵局。評選過程雖然差點演變成長期戰，幸好在吵成一團之前，總算達成共識。

我推薦的大獎作品是美原五月的《食獅者棲息的森林》（イックンジュッキの棲む森）。主角是專攻靈長類學的研究生父堂季華。她所屬的研究室，收到來自美

國大型建設公司的環評委託，希望他們對要在剛果開發的計畫，是否會對當地的倭黑猩猩（Pan paniscus）產生影響而進行調查。季華與指導教官和學長們一同加入調查團隊，不料當地正被一種名為「食獼者」的狂暴未知生物襲擊……

這樣的情節設定，讓人想起高野和明的《種族滅絕》中，非洲部分的冒險橋段。遭殘殺的獵豹屍體，棲息在叢林中的凶暴氣息。食獼者（イックンジュッキ）的真面目到底為何？

挑戰深具野心的主題的大型娛樂作品，敘事手法也屬上乘。主角奇特的性格，以及導致她為何如此的事件，在設定上存在相當大的問題。不過，這只需要經過修改就可以解決，我不認為這是致命缺點。然而，就當代娛樂作品而言，書中的女性觀點恐怕有些問題，當評審委員提出這樣強烈的反對意見後，最後我只能認輸。《食獼者棲息的森林》最終只獲得了文庫大賞。

另一部獲得文庫大賞的作品，AYU KUWAGAKI的《檸檬和手》（レモンと手）是一部有條不紊的黑暗懸疑小說。它沒有明顯的缺點，但無論從優點或缺點來看，它都給人一種好學生的感覺，沒有特別突出的特色。

從被壓迫者變為壓迫者的逆轉劇情很有趣，但敘事過程中，包括事件轉折給人太多似曾相識的感覺。作者去年曾獲得另一項文學新人獎，並已有兩部作品商業出版。從這點來看，《檸檬和手》確實達到了出版的水準，但如果問我是否想將它選為「這本推理小說了不起！」大賞作，我表示疑問。

最後從三強鼎立的競爭中勝出的是小西雅暉的《請保持名偵探原來的樣子》，他將參加鮎川哲也獎的最終決選作品進行大幅改寫，由一名患路易氏體失智症的老人擔任安樂椅偵探角色，解決一連串謎題，屬於「日常之謎」的本格派推理小說。

小說一開頭就出現了，與推理評論家瀨戶川猛資的評論集相關的謎團，故事中他是爺爺大學時期的學長，而且還寫到昔日的早稻田推理俱樂部，對中高齡的推理讀者來說，這無疑大大刺激了他們的懷舊感情。

最後的結尾也收得漂亮，最重要的是讀起來情感豐富。但是不可否認的是，推理的情節設計太平淡，怎麼看都像是為鮎川哲也獎而寫的作品。換句話說，並不符合「這本推理小說了不起！」大賞的風格。

我原先是這麼認為的，但也不能說故事沒有驚喜。這三部小說都達到得獎標準，剩下的就是喜好問題。經過反覆思考後，我認同這部小說的敘事方式，因此贊成由《請保持名偵探原來的樣子》獲得大賞。希望作品在書店上架後，大家能閱讀比較這三部作品的差異。

其他五部作品早一步從大賞的競爭中淘汰，不過令人遺憾的是Oginuma X的《爆裂怪人》（爆ぜる怪人）。這部作品描述的是東京町田市的地方英雄「町田人」所在的特攝製作公司的故事。有趣地描寫了英雄演出秀的幕後，但後半段的發展過於混亂，與小說的其他內容極不相符。儘管如此，我仍然認為「町田人」很有潛力，希望他可以將故事修改後，獲得出版的機會。

簡單提一下剩下的四部作品。竹鶴銀的《龍蛋》（龍の卵）是關於台灣的漫畫式B級國際諜報小說。雖然閱讀起來很有趣，但現今台灣情勢描寫太嚴肅，反而讓人覺得不好讀。中村駿季的《天之鏡》（天の鏡）是一部異類喜劇，以不斷介入別人的問題並不斷道歉的主角為主軸，稀奇古怪的設定十分出人意表，但作為推理小說則顯薄弱。

在三日市零的《黃金蘋果》（ゴールデンアップル）中，一位名叫埃利斯的前

律師開了一家「合法報復公司」，這個角色稍微有趣。除此之外，作品缺乏其他個性。鹿乃縫人的《黎明與噁心》（夜明けと吐き気）是一部非常年輕的本格派推理小說，雖然世界觀和角色有看點，但關鍵的密室設計，無論是第一階段還是第二階段，都欠缺說服力。

吸引推理迷的巧妙設計，以及向經典作品致敬的細膩描寫

專欄作家　香山二三郎

今年的最終候選作品依然有八部。首先是竹鶴銀的《龍蛋》，這是一部以台灣危機為主題的國際陰謀驚悚小說。一位本應已在三一一大地震中喪生的朋友的影像，將一位日本攝影師引向了台灣的總統選舉現場，在那裡他遇到了一場炸彈攻擊候選人事件，並被他在當地遇見的一名神祕女子所綁架。

以主角的命運為故事軸心，這部作品從多角度描述當今的中國動盪，包括維吾爾內亂，以及中國北部戰區的政變。無論是易讀的文本還是處理大規模故事的手法，都可達到專業水準。唯一遺憾的是，主角的魅力不足，而且現實中情況會超越小說，這也讓該作變得難以評價，因此我的評分是B。

小西雅暉的《請保持名偵探原來的樣子》是以一名熱愛推理的女教師，和患有路易氏體失智症的爺爺之間的祖孫情為主軸，發展出一系列的日常推理。從第一個故事開始，就圍繞著書籤之謎，展現了會令推理迷心動不已的巧妙設計，向經典致敬的情節描寫也給人好感。

患有失智症的爺爺就像一位安樂椅偵探，或者說像是迪佛（Jeffery Deaver）的林肯．萊姆警探的變形。此外，包括正派的配角，也讓我感受到了鮎川哲也獎作品的影子，當我得知本作正是鮎川獎最終候選作經過加筆修訂後的作品，不免大吃一驚。所以我的評分是A。

下一部是由Oginuma X所寫的《爆裂怪人》，故事以在東京町田的地方英雄製作公司工作的青年為主角。有一天，曾經由他設計但最終擱置不用的英雄突然現身，並打敗了綁架犯，他在工作之餘開始追查這個謎團。

作為推理小說最重要的一點在於，這個事件涉及過去的綁架殺人案。不過本書最精彩的部分，還是在地方英雄公司裡充滿個性的人物描繪，感覺就像在看東京電視台的深夜劇一樣。因為故事設定過於偏門，所以我只給了C的評價，但依舊是一部出乎意料的佳作。

鹿乃縫人的《黎明與噁心》剛開始讓人以為是關於追蹤連續獵奇殺人事件的刑警故事，隨著故事進展，其中還牽涉了被邪教組織招攬入教的多重人格偵探的調查行動，以及一個和獵奇殺人案和邪教組織中都有所關聯的倒楣男子的動向。

說好聽點是讓人無法預測接下來的劇情發展，但是太過紙上談兵的敘事方式，讓讀者無法融入其中。後來當我得知這位作家只有十六歲時非常驚訝，能在十六歲的年紀寫出如此作品，可以說是天才等級了。這次雖然只給他C，但我希望他將來能用更為輕鬆的寫法，繼續創作。

美原五月的《食獅者棲息的森林》描述某個大學科學團隊接受委託，對非洲採礦道路的建設進行環境調查。調查團隊深入剛果，並在那裡遇到了未知的靈長類生物。無疑是麥克・克萊頓（Michael Crichton）風格的祕境冒險小說，讓我一口氣就讀完這個故事。

對於剛果的描述也十分生動，評分當然是A。但是故事有一個缺點，那就是團隊的女性成員父堂季華，因為被男性友人施暴而失去右眼，因此變成了花痴！就算是在厭惡暴力的倭黑猩猩棲息地，這個設定也未免太出格。果不其然，在選考會上瀧井先生提出了強烈的反對意見，但最終還是以文庫大賞達成共識。

中村駿季的《天之鏡》敘述一名愛插手他人麻煩事，事後又愛道歉的青年，被前SM女王收留並開始幫她工作。與此同時，他又因某些小事開始跟黑幫打交道，之後的事業一帆風順。這是一本風格獨特的變態心理推理小說，但這種脫離現實的描述方式，缺乏真實感，所以評分為C。

三日市零的《黃金蘋果》是描繪男大姐風格的前律師經營的調查服務公司，背後其實是從事合法報復的系列故事。全書共四篇的故事裡，主角豐富的才華，隨著故事進入中後段，描寫更細膩。但是，小學生祕書這類如像電視劇般的演出和造型，都給人一種過於輕浮的印象，因此評分也是C。

最後是AYU KUWAGAKI的《檸檬和手》。故事的主角是一名大學職員，她的妹妹遭人殺害，自己卻被懷疑是為了保險金殺人，於是女主角和相信她是清白的男學生一同洗刷冤屈。這像是常見的電視劇情節，但是當長期失聯的母親也遭殺害，而且看來和十年前父親被殺的事件有關時，故事瞬間變得有趣。原本看似簡單的案情，實則錯綜複雜。前半部細心埋下的伏筆，在後半部陸續引爆。

在最終的評審會議中，《請保持名偵探原來的樣子》、《食獅者棲息的森林》和《檸檬和手》三者競爭。然而，大森先生批評《檸檬和手》為常見的犯罪驚悚小說套路，因此投下反對票。《請保持名偵探原來的樣子》的推理並沒有值得挑剔的地方，所以由該書獲獎，而《檸檬和手》則獲得了文庫大賞。

期待小西雅暉未來的創作能量，繼續豐富文學界

作家　瀧井朝世

今年的最終評選作品同樣有八部之多。前幾名作品決定得相當順利，儘管對於哪一部作品該獲得大賞的意見有所分歧，但結果仍讓人感到滿意。

經過激烈討論後，最終確定大賞由推理長篇小說《請保持名偵探原來的樣子》獲得。這部作品的角色極具魅力，尤其是女主角身邊的兩位青年，各有各的優缺點，真是可愛極了，我很愛看他們之間的對話！

推理部分稍嫌薄弱，就像其他評審所指出的，居酒屋密室的真相頗為勉強。擔任安樂椅偵探角色的爺爺，有些線索是只有他才知道的資訊，以推理脈絡來說感覺並不公平，但還是在可接受的範圍。排除這些因素，作品的整體氛圍和穩定感依然

出色，最終章的緊張氣氛也營造得很好。我確信小西雅暉將來也能持續創作出具吸引力的故事。

《檸檬和手》的寫作技巧無疑是出類拔萃的。選擇了與故事完美契合的文體，這點尤其令人讚嘆，原來作者已經有商業出版的經驗。後半部分的二度、三度、四度，甚至是五度轉折，雖說是有些過頭，但還是讓我驚豔。

這並非隨便就能想出來的戲劇性結局，而是從前半段就開始精心鋪排，這點在我心中得到了高分。每個角色都帶著些許的扭曲性格，這點也非常有趣。直到故事中段我還在想，「如果再多點娛樂性，再痛快點就好了」，最後的結局真的非常痛快！恭喜獲得文庫大賞。

《食獅者棲息的森林》與其說是推理小說，更該被歸為冒險娛樂作品。故事背景對大多數讀者來說，充滿未知色彩，我希望作者能多一些情景描寫，讓人身歷其境。此外，我認為有必要修改女主角的性格設定，為了讓故事更豐富，輕率且故作幽默地放進和主線完全無關的性侵及心理創傷，我對此表示質疑。就算沒有這樣的元素，故事照樣能吸引人。所以我同意將該作品列入決選名單，但條件是要修改這個部分。

《爆裂怪人》的主題是地方英雄和製作公司，題材相當獨特。故事進展的手法也相當嫻熟，且大部分角色的性格描寫都做得很好。但是解謎的過程和真相有些勉強。現在的結局維持這樣也不是不行，但我希望結尾更有說服力，而且更俐落。這是可以透過修改達成的。

《龍蛋》也是一部非常引人入勝的作品。寫作技巧嫻熟，對複雜狀況的描述也恰到好處，讀來十分輕鬆。在讀這部作品時，我一直手心冒汗，但也因為這樣，我覺得故事結尾收得過於草率。此外，該作品在避戰和達成和平協議的部分深深打動了我，所以我覺得在結局部分揭露過去的凶殺事件，以及為了報復而進行的最後兩起殺人案則顯得多餘。

《天之鏡》主角的最大特色是他有「道歉癖」，但這只是故事的開端，後續並未充分利用，實在可惜。主角的工作是透過演戲來紓解客戶的不滿和壓力，但我始終對於「這樣真的能紓解壓力嗎？」、「真的有人願意付大筆的錢來獲得這種服務嗎？」深感懷疑。

最後，主角在眾人的注視下，被迫用演戲再現他的痛苦過去，這難道不會造成更深的創傷嗎？如果對人類道歉的情感機制，以及如何克服創傷的心理過程，能多添加一些令人信服的元素，會讓這部作品更加有趣。

《黃金蘋果》的設定讓我很感興趣，隨著故事演進，新鮮感卻逐漸消失。雖然在最初的章節中，主角的周密考慮讓我佩服，但是其他故事中這種特質並未被充分發揮，主角的魅力和個性顯得薄弱，這點令人感到遺憾。

此外，我並不想過於苛求，同時那也並不是一個太大的扣分點，但是，就算是出自當事人主動要求，讓一個小學女生也是主角的助手，為了掌握猥褻兒童的證據而臥底調查，這樣的情節讓人不是很愉快。

《黎明與噁心》是一部經過精心編排的懸疑小說。雖然故事結構不錯，但細節上有許多疑點。無論哪個登場角色都過於思辨及理論化，給人一種緊繃的印象，他們的思考、主張和說話用詞，都過於強勢誇大及青澀。讀完後得知作者的年齡才十六歲，著實令我驚豔。但我也不禁懷疑，如果他是個年紀較長的成年人，是否還能進入最終評選。我相信他未來有很大的成長潛力，也期待他未來的作品。

國家圖書館出版品預行編目資料

請保持名偵探原來的樣子 / 小西雅暉作 . -- 初版 . -- 臺
北市 : 三采文化股份有限公司 , 2023.08
面 ; 公分
譯自 : 名探偵のままでいて
ISBN 978-626-358-137-1(平裝)

861.57 112010054

iREAD 167

請保持名偵探原來的樣子

作者｜小西雅暉 繪者｜ Re° （RED FLAGSHIP）
編輯二部 總編輯｜鄭微宣 主編｜李媁婷 美術主編｜藍秀婷 封面設計｜李蕙雲
行銷協理｜張育珊 行銷企劃主任｜呂秝萱 內頁排版｜陳佩君 校對｜黃薇霓

發行人｜ 張輝明 總編輯長｜ 曾雅青 發行所｜ 三采文化股份有限公司
地址｜ 台北市內湖區瑞光路 513 巷 33 號 8 樓
傳訊｜ TEL:8797-1234 FAX:8797-1688 網址｜ www.suncolor.com.tw
郵政劃撥｜ 帳號：14319060 戶名：三采文化股份有限公司
本版發行｜ 2023 年 8 月 4 日 定價｜ NT$420

suncolor

suncolor